AF455914

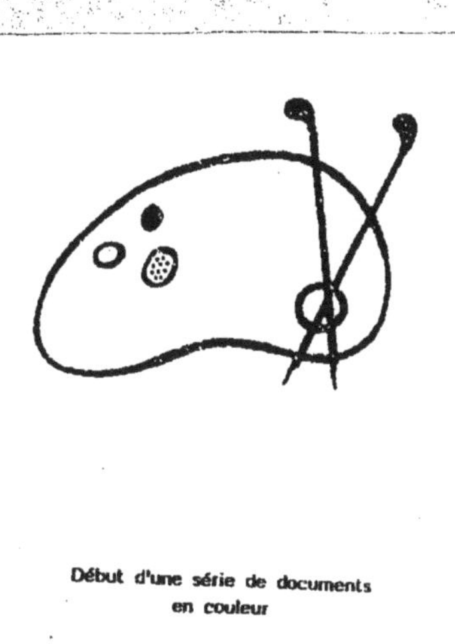
Début d'une série de documents
en couleur

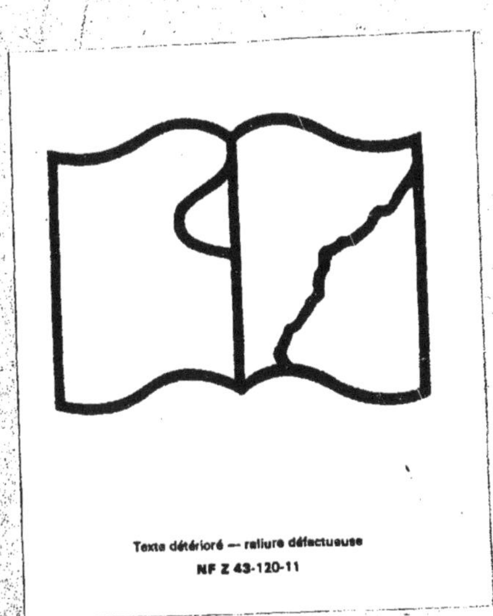
Texte détérioré — reliure défectueuse
NF Z 43-120-11

EXTRAIT

DE

ROMANIA

RECUEIL TRIMESTRIEL

CONSACRÉ A L'ÉTUDE

DES LANGUES ET DES LITTÉRATURES ROMANES

PUBLIÉ PAR

PAUL MEYER ET GASTON PARIS

> Pur remenbrer des ancessurs
> Les diz e les faiz e les murs.
>
> WACE.

Le Roman des trois ennemis de l'homme.
Fragments d'un ms. trouvé dans une reliure de la Bibliothèque d'Orléans.

PARIS
F. VIEWEG, LIBRAIRE-ÉDITEUR
E. BOUILLON ET E. VIEWEG
successeurs
67, RUE DE RICHELIEU
1887

Fin d'une série de documents
en couleur

LE

ROMAN DES TROIS ENNEMIS DE L'HOMME

PAR SIMON

M. Loiseleur, le savant bibliothécaire d'Orléans, trouva, il y a quelque temps, dans la reliure d'un livre de la bibliothèque confiée à ses soins, un certain nombre de feuillets de parchemin contenant des fragments d'un ancien poème français en vers octosyllabiques. L'écriture était du XIIIe siècle et assez lisible, sauf en quelques endroits où le parchemin était taché ou usé par le frottement. Pensant, avec raison, que ces débris pouvaient offrir quelque intérêt, M. Loiseleur les envoya à M. L. Delisle, qui voulut bien me les communiquer. J'y reconnus les morceaux d'un poème inédit et fort ignoré dont il n'existe probablement qu'un seul exemplaire complet, celui que renferme le manuscrit 5201 de la Bibliothèque de l'Arsenal.

Pour remettre dans leur ordre les feuillets retrouvés par M. Loiseleur, j'ai dû les rapprocher des passages correspondants du ms. de l'Arsenal. Je fus ainsi amené à lire le poème entier dont je connaissais tout juste l'existence. Il me parut qu'il n'était pas dépourvu d'intérêt. Il se recommande notamment par une circonstance trop rare dans notre ancienne littérature : c'est qu'il n'est point anonyme. Enfin, il n'a été jusqu'à présent, à ma connaissance du moins, l'objet d'aucune étude. L'*Histoire littéraire* l'a complètement passé sous silence, comme, au reste, la plupart des ouvrages inédits dont la Bibliothèque Nationale ne possède pas d'exemplaires. Pour ces divers motifs, j'ai cru opportun de lui consacrer une courte notice, faisant en même temps connaître les deux leçons, souvent assez différentes, du ms. complet de l'Arsenal et des fragments d'Orléans.

Ces derniers se composent de quatorze feuillets simples, dont deux (ff. 3 et 4) sont rognés de sorte qu'au verso de l'un comme de l'autre, les premiers mots, ou du moins les premières lettres, des vers font défaut. Le format est petit, les feuillets les moins rognés ayant 17 centimètres de hauteur sur 12 de largeur. Il y a vingt-cinq vers par page; l'écriture paraît être du milieu du XIIIe siècle environ. Les feuillets 1 et 2 se suivent, de même 3 et 4, mais entre 2 et 3 il manque cinquante vers, c'est-à-dire un feuillet. Les feuillets 5 à 12 forment un cahier, séparé de ce qui précède par une lacune considérable. Ensuite il y a encore une lacune; puis enfin prennent place les feuillets 13 et 14 qui se suivent et contiennent la fin du poème. Le dernier feuillet n'étant écrit qu'au recto, et tous les autres ayant cinquante vers, on voit que les fragments d'Orléans contiennent environ 675 vers, soit à peu près un cinquième de l'ouvrage, puisque le texte du ms. de l'Arsenal, qui paraît complet, a, si j'ai bien compté, 3328 vers.

Le ms. de l'Arsenal est d'ailleurs fort important. Il renferme une copie des poèmes de Robert de Blois, où M. P. Paris aurait trouvé sur les protecteurs de ce poète des renseignements qui manquent dans le manuscrit de la Bibliothèque Nationale, dont il a fait usage[1]. Je donnerai plus loin, en appendice, la description du manuscrit de l'Arsenal. Présentement, occupons-nous de l'ouvrage sur lequel les fragments de la Bibliothèque d'Orléans ont appelé notre attention. Le poème occupe dans le manuscrit de l'Arsenal les pages 248 à 293. Il n'y a pas de rubrique initiale, mais on en a l'équivalent dans une note marginale écrite en face des derniers vers du prologue (p. 249 *b*), de la même main, semble-t-il, que le reste du manuscrit. Cette note est ainsi conçue : *Ici comance li romanz des trois anemis, ce est la chars, li mondes,* [*li*] *deables*. En outre, on lit à la fin du poème : *Explicit romanum* (sic) *de tribus inimicis, s*[*cilicet*] *mundo, carne, demonio.*

Le sujet est l'un des lieux communs de la littérature pieuse du moyen-age, depuis le XIIe siècle au moins. Deux vers latins,

1. *Hist. littér.*, XXIII, 735-49.

cités par Etienne de Bourbon, où sont énumérées les diverses tentations, placent au nombre des tentateurs le diable, le monde et la chair :

> Temptant ipse Deus, bonus et malus, ut phariseus,
> *Spiritus immundus*, mala mens, sensus, *caro*, *mundus*[1].

Mais voici qui est plus précis. Guillaume le Normand dit, en son *Besant* :

> Chescun home a treis enemis,
> L'un est chescun jor en son vis
> Que jamès ne s'en partira
> E tuteveies li rira;
> Li autres est soz sa chemise,
> Et li tiers, qui les dous atise,
> Est entor lui et nuit e jur.
> (Ed. Martin, vv. 409-15.)

Et l'auteur poursuit en expliquant que ces trois ennemis sont le diable, la chair et le monde. L'éditeur du *Besant* a déjà rapproché (p. XVIII) de ce passage les vers ci-après de Robert Grosseteste :

> Franche pucele reine.....
> Dehors ton chastel sui asis
> De trois de mes enemis :
> C'est li diables et li mund
> Ét ma char qui me semunt
> Trestut adès de mau fere.

Un dit des sept vices et des sept vertus, encore inédit, que l'*Histoire littéraire* a mentionné, t. XXIII, p. 253, commence ainsi[2] par quelques vers latins que nous retrouverons plus loin :

> *Mundus, caro, demonia*
> *Diversa movent prelia*
> *Turbantque cordis sabatum.*

---

1. *Anecdotes historiques, légendes et apologues tirés du recueil d'Étienne de Bourbon*, par Lecoy de La Marche, p. 193.

2. Je cite les deux premières strophes (il y en a 41) d'après le ms. fr. 837, fol. 187. Ce petit poème se trouve encore dans le ms. de Turin, L. V. 32; voy. Scheler, *Notice de deux mss. français de Turin* (1867), p. 72.

Cist troi nous chaceront de cort
Se li filz Dieu ne nous secort
Ou se bien ne nous combatom.
Li mons, la chars, li anemis
Se sont toz jors molt entremis
De nos ames livrer a mort.
Encore nus ne se recroit.
Fols est cil qui en els se croit,
Quar de noz biens nous font grant tort.

Un troubadour de la fin du XIIIe siècle, Guillem de l'Olivier, d'Arles, résume ainsi la même idée :

Tres enemicx principals
An tug li home que son :
La carn el diable el mon,
Don cascus a totz sos mals.
Lo mon nos ten en poder
E fai nos voler riquezas ;
(El) diables nos fai voler
Erguelh, honors e falsezas,
E carn es, non o mescrezas,
Glota de tot van poder.
Vec vos tres que fan peccar
Sel que mielhs se sap gardar.
(Bartsch, *Denkmæler d. prov. lit.*, p. 38.)

A la fin du XVe siècle, ce sujet fut mis en moralité sous ce titre, qui semble emprunté à la prose latine citée plus haut : *Moralité nouvelle de Mundus, Caro, Demonia*. Sur cette moralité plusieurs fois imprimée au XVIe siècle, et réimprimée chez Didot en 1827, on peut voir l'*Histoire du théâtre français* des frères Parfait, III, 106-112, et un article assez faible du *Dictionnaire des mystères* du comte de Douhet (sous MUNDUS).

Les sermons du moyen-âge font de fréquentes mentions des trois ennemis de l'homme [1], mais je ne connais aucun traité

1. Par exemple dans un sermon d'Eude de Cheriton sur la fête des Innocents :

« Herodes, qui interpretatur versipellis sive pelliceus, significat diabolum, « qui versutus est, cui cum carne et mundo debemus illudere. Caro enim « suadet suavia, mundus inania, diabolus iniqua. Caro enim inimicus est

spécialement consacré à ce sujet. Du reste, notre poème ne paraît pas traduit, à proprement parler, du latin : il a plutôt le caractère d'une compilation faite à l'aide d'éléments recueillis en des ouvrages très variés. Les sources de cette compilation sont en partie transcrites sur les marges de l'un et de l'autre manuscrit, sous forme de citations tirées des Écritures, des Pères de l'Église (nommément saint Jérôme, saint Augustin, saint Grégoire, saint Bernard, etc.), des poètes de l'antiquité et du moyen-âge. P. 262 *b* du manuscrit de l'Arsenal, est écrit en marge un vers de Juvénal (X, 22) :

> Cantabit vacuus coram latrone viator.

P. 278 *a*, deux vers d'Ovide (*Ars am.* I, 237, 239) :

> Vina parant animos faciuntque caloribus aptos.
> Tunc veniunt risus, tunc pauper cornua sumit.

P. 286 *a*, un vers d'Horace :

> Evolat emissum semel irrevocabile verbum [1].

« domesticus, ideo timendus; mundus sophisticus, ideo cavendus; diabolus « iniquus, ideo expugnandus, secundum illud : *Cui resistite fortes in fide* « [I Petri, v, 9]. Unde :

> *Mundus, caro, demonia*
> *Diversa movent prelia.*
> *Incursu tot phantasmatum*
> *Turbatur cordis sabbatum.*

« Illudamus ergo Demoni ipsi non obediendo, carni ipsam affligendo, « mundo ipsum latenter fugiendo. »

(*Flores sermonum ac evangeliorum dominicalium excellentissimi magistri Odonis cancellarii parrhisiensis*. Paris, Jodocus Badius Ascensius, 1520, fol. xxiiii).

On peut encore citer ici la moralisation du chap. 62 des *Gesta Romanorum*, où une femme attaquée par trois rois est assimilée à l'âme assiégée par le diable, le monde et la chair, et celle du ch. 237 dans laquelle les trois syrènes qui endormaient les voyageurs pour les tuer sont l'objet de la même comparaison. Voir encore la moralisation du chap. 271 (éd. Œsterley).

1. La citation correcte serait *Et semel emissum volat irrevocabile verbum*. (Epist. I, xviii, 78). Mais le vers est cité sous la forme que lui donne notre poème par Albertano da Brescia, *Ars loquendi et tacendi*, à la fin du ch. I.

P. 288 *a*, un vers du Pseudo-Caton (livre I) :

Nil tacuisse nocet : nocet esse locutum.

Je ne suis pas arrivé à identifier les deux citations suivantes :

Causa fuit Sodomo peccati panis habundans.
(P. 268 *a*.)

Nam diuturna quies viciis alimenta ministrat.
(P. 284 *a*.)

Mentionnons enfin deux vers rhythmiques qui pourraient servir d'épigraphe au poème :

Mundus, caro, demonia
Diversa movent prelia
(P. 249)

C'est le début d'une pièce latine qui doit avoir joui d'une certaine célébrité, car les mêmes vers forment l'entrée en matière du Dit des sept vices et des sept vertus, mentionné plus haut, et sont cités au commencement du XIIIe siècle par Eude de Cheriton, dans un passage reproduit ci-dessus, p. 5, en note.

Le roman des trois ennemis, je l'ai dit en commençant, n'est pas anonyme. L'auteur s'est nommé : non point par un vain désir de renommée littéraire, mais, comme d'autres écrivains pieux de son temps[1], pour que les lecteurs reconnaissants eussent le moyen de prononcer son nom dans leurs prières. A deux reprises (vv. 3197 et 3303) « le pauvre Simon », c'est ainsi qu'il se désigne, se met en scène, parlant de lui-même avec la plus touchante modestie. Il avait écrit son poème sur des *escroes*, et il a bien soin de nous dire que par ce mot il faut entendre des rognures de parchemin. Il avait jadis vécu dans le monde, mais il s'en était détaché pour entrer en religion. Dans ce nouvel état, il avait gardé le souvenir de la vie mondaine, pleine d'iniquité, et, bien que sentant son insuffisance, il avait voulu venir en aide aux pécheurs et s'était mis à composer son livre en roman, puisant ses enseignements en des livres autorisés, et se confortant à la pensée que s'il avait rien dit de bon, c'était à Dieu qu'il le devait.

---

1. Cf. *Romania*, VIII, 327 ; XV, 296.

Le pauvre Simon est demeuré dans l'obscurité où son cœur humble et bienveillant se plaisait. Il y est resté si complètement que les érudits eux-mêmes l'ont ignoré. Il est trop tard, je le crains, pour qu'il puisse trouver place dans l'*Histoire littéraire*, mais j'espère bien lui obtenir une courte mention dans le supplément que M. l'abbé Chevalier imprime en ce moment pour joindre à son *Répertoire des sources historiques du Moyen-Age*. Pour éviter toute confusion, je crois utile de spécifier que notre Simon est distinct des plusieurs autres écrivains qui ont porté le même nom, à savoir :

SIMON, auteur, selon Fauchet, d'un roman d'Alexandre. Le manuscrit visé par Fauchet ne s'est pas retrouvé, mais le roman même dont il cite quelques vers nous est connu par deux autres manuscrits, dans l'un desquels un certain clerc Simon est en effet présenté comme l'auteur [1]. Nous ne savons rien, d'ailleurs, sur ce clerc, qui peut bien n'avoir été qu'un copiste.

SIMON DE FREINE, auteur du roman de *Dame Fortune* et de la *Vie de saint Georges* [2].

Frère SIMON DE CARMARTHEN, qui se qualifie de « profès en l'ordre seint Augstin » dans un poème religieux que nous a conservé un manuscrit de la Bodléienne. C'est un poème singulier qui commence en sixains de vers de six syllabes (*aabaab*) et se continue en couplets monorimes de cinq vers octosyllabiques, pour se terminer par une longue tirade de vers décasyllabiques en *on*. J'en ai pris copie et le publierai peut-être quelque jour.

Frère SIMON, moine de Waverley, auteur d'une courte pièce en vers français, dans laquelle il prie la prieure et le couvent de Winteneye (Surrey) de l'admettre au bénéfice de leurs prières [3].

S'il est aisé de voir que notre Simon n'avait rien de commun, sauf le nom, avec les poètes français ou anglais que je viens d'énumérer, il est beaucoup plus difficile de déterminer qui il était. Il résulte de ses propres paroles qu'après avoir vécu dans

---

1. Voy. mon histoire de la légende d'Alexandre, p. 105-6.

2. Voy. *Bulletin de la Société des anciens textes*, 1880, p. 80; *Romania*, XIII, 533.

3. J'ai publié cette pièce, en 1866, dans le *Iahrbuch f. rom. u. engl. Literatur*, VII, 47.

le monde il était entré en religion. Mais c'est tout. Rien sur son âge, sur son origine, sur l'ordre auquel il appartenait.

Quand on a d'un poème un texte parfaitement sûr, il est possible d'acquérir par l'étude des rimes des notions plus ou moins précises sur le temps et le pays où vivait l'auteur. Ici les conditions se prêtent mal à cette étude. Les variantes d'un texte à l'autre sont nombreuses et souvent elles portent sur les rimes. Ordinairement le ms. d'Orléans, qui est le plus ancien des deux, est aussi le plus correct; mais parfois les différences sont de telle nature que le choix est embarrassant. Il y a dans le texte d'Orléans des rimes certainement inadmissibles en pur français, alors que le ms. de l'Arsenal a une leçon irréprochable quant à la forme, bien que parfois médiocrement satisfaisante quant au sens. Voici des exemples[1] :

	ARSENAL.		ORLÉANS.
		I	
	De lymon come son garçon		Et de palu et de fumier
600	Me vot former a sa façon.		Me vout a son semblant former.
		II	
	D'estre riches et asazez,		D'estre riches et essauciés,
620	D'estre puissanz et ennorez.		D'estre poissanz et honourés.
		III	
	Avoutre, larron et meurtrier		Auvoustre, larron ne murtrier
714	Du ciel n'ierent ja parçonier.		Cil ne pourroit en gloire entrer.
		IV	
	Manmoné, c'est uns adversiers		......si est uns aversiers
764	Qui fait amasser les deniers.		......chesces amassier.
		V	
	Que Lucifer fu trabuchiez,		Que Lucifer fu trebuchiés,
772	Adam de paradis chaciez.		Adam de paradis jetiés.
		VI	
	Et s'ele vuet Deu soploier		Et se bien se veut esprover
2502	Et deservir plus grant loier.		Et deservir plus grant loier.
		VII	
	Por c'est molt bone la proiere		Pour ce est bone la proiere
	Que David fist a Deu entiere.		Que David fist a Dieu le pere.
	(P. 286 *a*).		

Mon sentiment est que dans quatre au moins de ces exemples,

1. Les vers numérotés sont publiés ci-après.

les n^os I, IV, VI et VII, c'est Orléans qui conserve la bonne leçon, tandis que l'autre manuscrit a une leçon refaite en vue de la rime. Pour les autres cas, les deux textes se valent, au moins quant au sens. Je suis donc porté à croire que l'auteur ne distinguait pas *ié* d'*é*. Ce qui me confirme dans cette opinion, c'est la rime *ariere-pere*, que les deux textes offrent aux vers 587-8. Ici le copiste du manuscrit de l'Arsenal, ou son original, aurait oublié de refaire l'une des deux rimes. La confusion en un même son d'*ié* et d'*é* ou, pour parler avec plus de précision, la réduction d'*ié* à *é* est régulière en anglo-normand. Mais, comme bien évidemment notre poème n'a point été composé en Angleterre, il faut voir dans ces rimes, si elles appartiennent à la leçon originale, comme je le crois, une négligence d'où on ne peut tirer aucune conclusion rigoureuse quant à la patrie de l'auteur [1].

Dans le cas présent, du moins, on comprend le motif pour lequel les rimes ont été changées dans le manuscrit de l'Arsenal; mais le même manuscrit offre, par rapport au manuscrit d'Orléans, d'autres variantes de rimes dont la cause m'échappe et où il n'est pas sûr que la bonne leçon soit toujours celle du texte d'Orléans : voy. vv. 611-2, 645-6, 797-8, 2453-4. Ces divergences sont utiles à constater, parce qu'elles montrent combien il est téméraire de fixer d'après les rimes les caractères linguistiques d'un poème, lorsque de ce poème on n'a qu'un manuscrit. Il y a longtemps, du reste, que j'ai appris à suspecter la solidité des arguments qu'on tire des rimes. Je montrerai un jour que la plupart des manuscrits du roman de Troie, de Benoît de Sainte-More, et notamment celui d'après lequel a été faite l'édition que nous avons de ce poème, appartiennent à une rédaction qui a subi, en ce qui concerne les rimes, des remaniements considérables.

Je n'ai remarqué dans le roman des trois ennemis aucune allusion historique pouvant fournir quelque indice sur l'époque de la composition. L'ensemble des caractères de la langue donne lieu d'attribuer ce poème à la première moitié du XIIIe siècle.

---

1. Les rimes *é* et *ié* sont confondues dans la dixième strophe de l'élégie juive publiée par M. Darmesteter, *Romania*, III, 467 ; cf. 471.

Qui en toz biens vuet avoir prouz (*p.* 248 *b*)
Si gart qu'il soit vites et prous
Et hée çou qui li desplaise :
Si li vendra plus a grant aise.
Li hons qui vuet vivre a droiture
Poinne li covient matre et cure ;
Euvre et poinne li covient matre
Et a son pouoir entrematre
De panser, de dire et de faire
Qu'a son criator puise plaire.
A Dieu plaist veraie creance
Et bone euvre et bone esperance ;
Ce est la voie premerainne.
Creance et bone euvre a Deu moinne ;
Creance sanz bone euvre faut,
Avec bone euvre aïde et vaut ;
Riens que hons face ne qu'il die
Sanz creance a Dieu ne plaist mie.
Après ice doit l'on savoir
Que tot son sen et son savoir (*p.* 249)
De tot son cuer, de tote sa force
A Dieu amer chacuns s'esforce,
Et si comandent en la loi
C'om aint son prime come soi.
Amor li doit l'on a servise,
Son pechié haïr et son vice.
L'on li doit bien faire et bien dire.
De li mesfaire et du mesdire
Ne doit nuns le talant voloir,
Mais de son mal se doit doloir
Et de tot son bien esjoïr ;
Ensi le porra Dex oïr.
Nuns hons ne doit faire a autrui
Qu'il ne voudroit c'on feïst lui ;
Le bien que hons vuet a son eus
Face a autrui quant sera leus.
A cele meysme mesure
Que mesurroiz avroiz mesure.
Ce requiert droiz et veritez,
Foiz, esperance et charitez....

Voici maintenant le passage où commencent les fragments d'Orléans :

ARSENAL.	ORLÉANS.
Avoirs communement portez (*p.* 256) Desirre a estre desrobez ; Vertuz et tresors en apert, Qui les mostre as genz si les pert. Par faire savoir les puet perdre, Par taisir tenir et aherdre. Plus seüre chose est dou taire Que du reconter ne retraire. De ce fist .j. ensoignemant Uns sages, et dist bonemant : Se aucun bien feïs ne fais Et tu t'en vantes, tu mesfaiz. Quant hom plus se cuide avancier	

20 *Corr.* : Qu'o? *ou y a-t-il une lacune après ce vers* ? — 21 *Vers trop long.* — 25 a *pour* et. — 545 *En marge.* GREGORIUS. Depredari desiderat qui thesaurum publice portat. Sicut thesaurus, sic et virtus manifestata amittitur.

Par parole et par bobancier,	*Dès qu'il se prent a bobancier* (f. 1)
Et sa vertuz et sui bienfaiz	*En sa vertu, en son bien fait,*
Si li est tornez a mesfaiz.	*Mal baillis est, mal li estait.*
Meliarz les fait eslever	*Meliars le fet eslever*
Qui lor vuet la coe lever.	*Qui li veut la ceue lever.*
S'il puet il le trabuchera,	*Il le retrebuchera son vuell,*
Si con il dou ciel trabucha.	*Si com il trebucha dou ciel.*
Mout est cruoux cil Meliarz	*... soit trovez cil Meliars*
Qui nos essaut de totes parz.	*Qui nous assaut de toutes pars.*
Neporquant, po nos porroit nuire	*Nonpourquant il ne porroit nuire*
Se bien nos savions conduire.	*A qui bien se savroit* [*con*]*duire.*
En li est dou feu atisier,	*En lui est dou feu atisier,*
Et en nos est du destisier;	*Et en nous est dou destisier;*
En li est du mal aprester,	*En lui est dou mal a...*
Et en nos est dou contrester.	*En nous est dou desesp...*
Se consentir ne li volon,	*Se consentir ne li volons,*
Nu cremons .j. oef de colon;	*Tous ses asaus riens* (?) *ne cremons;*
Et se li volons consentir,	*Et se li volons consentir,*
Il nos fera de Deu partir.	*...... pourrons repentir.*
Se Meliarz d'orgoil nos tempte (b)	*Se* (?) *orgueil nous point et* (?) *nous tempte*
Ou vainne gloire nos presente,	*Ou vaine gloire nous presente,*
Si nos membre de Jhesu Crist	*Si ......bre de Jhesu Crist*
Et de la response qu'il fist	*Et de .... qu'il fist*
Au Sathanas qui ou desert	*Au dea ..... ou desert.*
Le tempta trestot en apert.	*L'envaï tre... en apert.*
Jhesu sagemant respondi,	*Jhesus sagement respondi,* (v°)
Et li deables s'en parti.	*Et li deables s'em parti.*
Ausi soion apparoillié	*Et nous soions apareillié.*
Et de respondre comsoillié.	*Et de respondre conseillié.*
Disons li la sainte escripture	*Disons li la sainte escreture*
Qui ensoigne tote droiture :	*Qui enseigne toute droiture :*
« Fui, Sathanas, va t'an ariere;	*Fui, Sathanas, va t'en arriere;*
« Ne tampteras pas Deu ton pere.	*Ne tempterai pas Dieu mon pere.*
« Li doiz servir et ennorer	*Lui doi servir et aourer* [1]
« Et sor tote riens aorer;	*Et sor tote chose honorer;*
« Li doiz doner loenge et querre,	*Lui doi doner loenge et querre*
« Que il governe ciel et terre.	*Qui governe et ciel et terre.*
« Se nul bien sai ne nul bien puis,	*Se nul bien sai ne nul bien puis,*
« De Deu vient, de moi rien n'i truis;	*De Dieu vient, de moi riens n'i truis.*
« Lui beneïs, lui loerai.	*Lui beneïs, lui loerai.*

557 sui, *corr.* ses, *au singulier.* — 559 Meliarz *désigne le diable. J'ignore d'où vient cette désignation.* — 567 *En marge dans les deux mss.* : Instigator malorum est diabolus, non incentor. *Cf.* I, MAC. IV, 1?

1. Il y avait d'abord *honorer*, qui a été exponctué.

« Por quel chose m'orguillirai	*Pour queil chose m'orgueillirai*
« Qui ne sui fors boe et paluz ?	*Qui ne sui fors boe et palus ?*
« Il est ma joie et mes saluz ;	*Il est ma joie et mes salus,*
« De lymon, come son garçon,	*Et de palu et de fumier*
« Me vot former a sa façon.	*Me vout a son semblant former.*
« De mercier ne me doi foindre ;	*Dou mercier ne me doi feindre,*
« N'en doi retraire ne remeindre. »	*Ne doi recroire ne remeindre.* »
Quant on quiert loengc ou ennor	*Quant hom quiert loenge...*
Si le satort a desennor,	*Si li tourne a tel deshonor.*
Par ce panser et par ce dire	*Par ce penser et par ce dire*
Puet l'on Meliart desconfire,	*Puet hons Meliart desconfire,* (f. 2)
Que tantost com hom s'umilie	*Car tantost com hons s'umilie*
Le Sathanas chace et le lie.	*Le Sathenas chace et desfie.*
Du premier vos lairons atant,	*Dou premier laisserons atant*
Mais encor en dirons avant.	*Car encor en dirons avant.*
Du segont vos di, ce m'est vis,	*Or dirons après dou segont*
Qui tout la joie de parvis (p. 257)	*Qui nous tout la joie d'amont.*
Cil nos lie et cil nos atache,	*Cil nous lie et nous atache*
Et nos aterre et nos esquache.	*Et nous aterre et nous esquache.*
Li mondes qui nos est a l'uil,	*Li mondes qui nous est a l'ueill,*
A son boban, a son orguil,	*En son bobant, en son orgueill,*
Si dit que trop est granz ennors	*Si dist que trop est grans honours*
Et grant prouese, biax segnors,	*Et grant proece et grans valours*
D'estre riches et asazez,	*D'estre riches et essauciés,*
D'estre puissanz et ennorez,	*D'estre poissanz et honourés,*
D'avoir digneté et baillies	*D'avoir dignitez et baillies*
Et sor genz avoir seignories,	*Et sor gens avoir seignouries,*
D'avoir chevax et vesteüres,	*D'avoir chevax et vesteüres*
Bales et bones teneüres,	*De tenir les grans teneüres,*
D'estre apelez as granz afaires,	*D'estre apelés a grans afaires,*
Et d'estre seneschax ou maires,	*Et d'estre senechiax ou meres,*
D'aler et au bois et au plain,	*D'aler et au bois et as plains,*
D'avoir le païs en sa main,	*D'avoir le païs en ses mains,*
Et bele femme et biax anfanz :	*Et bele fame et biax enfans :*
C'est valors et ennors mout granz ;	*C'est val..... [1] urs trop grans ;*
D'estre chevaleroux et prouz,	*D'estre chevalerous et prous,* (v°)
D'avoir la loenge de toz,	*D'avoir la loenge de tous,*
D'estre sor toz entrematanz,	*D'estre sor tous entremetans,*
Et d'estre larges et matanz.	*Et d'estre larges et metans.*
Ceste vie si moinne a mort	*Ceste vie le mainne a mort* [2] :

604 Sic, *cf. l'autre texte.*

1. Déchirure dans le manuscrit.

2. En marge : « Lata est via que ducit ad mortem, etc. ; » cf. MATTH. VIII, 13.

Celi qui ainme tel deport;
Cil qui ce desirre et covoite,
Si n'est pas en la voie droite;
Cil qui demore en ceste regle
Ne puet avoir Deu et cest secle.
La sainte escripture nos chose,
Et dist que trop est grieve chose
D'aler de cestes terriainnes
Richeces as celestiainnes.

Li tierz anemis vient cruoux
Qui est engrès et envioux.
Cist ne cesse, cist ne nos faut,
De nuiz et de jorz nos assaut.
De tant nos est plus haïnous (*b*)
Con il est plus privez de nos :
Ce est du cors la char domoinne
Qui trop nos essaut et demoinne.
De li servir n'est mie gas;
Trop vuet faire ses bons a tas,
Ce est de boivre et de mangier;
Sovant nos en fait grand dongier,
Toz jorz voudroit estre saoule.
Ja n'avra jor pas a la goule.
Bien peüe et bien abevrée
Voudroit estre et bien atornée;
Ne de chaucier ne de vestir
Ne la puet l'on mie mestir :
Or sont trop lé, or sont po large;
Ceste robe semble une carge.
Ou soit ou lit ou soit hors lit
Tojorz vuet faire son delit;
Aise demande et soatume
Qui puis li torne en amertume.
Dormir voudroit grant matinée,
Ce li est bon, ce li agrée.
Soit en dormant, soit en voillant

Celui qui aime cest deport;
Cil qui ce desierre et covoite,
Il ne tient mie voie droite;
Cil qui demainne ceste regle
Ne puet avoir Dieu et le siecle[1].
La sainte escreture nous chose,
Et dist que trop est grieve chose
D'aler de choses[2] *terriennes*
Aux richesces celestiennes[3].

Li tiers anemis vient après
Qui est envieuz et engrès.
Cil ne cesse, cil ne nous faut;
De jours et de nuit nous assaut.
De tant nous est plus angoissous
Com il est plus privés de nous :
Ce est li cors, la char humainne,
Qui trop nous assaut et demainne.
De lui servir n'est mie gas;
Trop quiert a faire ses aviax ;
C'est de boivre et de men....

(La suite fait défaut jusqu'au v. 710.)

658 pas : *paix.* — 662 *Il est probable que le copiste a passé ici une couple de vers où il devait être question des souliers qui, au vers suivant, sont trouvés trop longs ou trop larges.*

1. En marge : « Nemo potest Deum habere et seculum ».

2. D'abord *cestes*, exponctué et remplacé par *choses.*

3. En marge : « Difficile est de deliciis temporalibus ad delicias transire celestes ».

Nos vai (*sic*) mout sovant assaillant.
Conpaignie charnel requiert
Dont ja rasazie ne iert.
Soul de veoir ce que li plaise
Est en angoisse et a mesaise
Solaz vuet de jor et de nuiz,
Ris a gas tant que c'est ennuiz,
Ja trestoz ses aviax n'avra,
Tant com en cest siecle sera.
Qui muez la sert poior la trueve,
Mal servir la fait, mal se prueve.
Malvaise est mout ceste boiasse
Qui sa dame tant grieve et lasse :
C'est l'arme chaitive et dolente
Qui de tel vie s'expoante. (*p.* 258)
Ces trois eümes anemis
Dès que sor terre fumes mis :
Deable, le monde et la char
Qui ne tiennent mie a eschar
De l'arme esteindre et esquachier,
Si que il la facent pechier
Ou en repout ou en apert,
Ou soit a nu ou a covert.
Deables qui ne s'an foint point
Par ces .iij. nos bote et empoint.
De ces .iij. nos covient desfendre
Et l'escu et le baston prendre.
Celi doit l'on tenir a fort
Qui de toz ces trois voint l'esfort.
Qui vers aus se voudra tenir
Si aproigne a bien escremir :
C'est savoir escrit et espondre,
Si que il saiche bien respondre.
Garnisse soi vers le premier,
C'est li Sathanas sanz cuidier,
Qui li amoneste malice,
De vainne gloire ou de delice.
Quant par malice li cort sus
Si con il ai oï desus — *Si com il a oï desus* (f. 3)
Tot herdiemant l'en desdie. — *Tout bardiement l'en desdie;*

---

711 *Les deux mss. rapportent en marge* I COR. VI, 9, 10.

La sainte Escripture li die :	*La sainte escriture li die :*
Avoutre, larron et murtrier	*Auvoustre, larron ne murtrier,*
Du ciel n'ierent ja parçonier.	*Cil ne pourroït en gloire entrer.*
Celi prandront deable a hoste	*Celui prendront deable a oste*
Qui vit de rapine et de tote.	*..... vit de tort et de mal coste* [1].
Qui tot es genz qui l'ont servi	
Lor loier qu'il ont deservi,	
Qui vit de proie et de rapine,	*Droitement en enfer chemine*
Droitemant en enfer chemine.	*Qui vit de proie et de rapine.*
Quant il le toillir gurpira	*Quant... tolir lessera*
Li deables le ravira.	*De deable m..... era.*
Deables fait de celi proie (*b*)	*Deable fet de celui proie*
Qui son prime outrage et asproie.	*Qui son proisme... et asproie.*
Li mançongier et li parjure	*. .... et li parjure*
Cil sont gent de cui Dex n'a cure.	*Ce sont le ... dont Diex n'a cure.*
Par haïne et par malvoillance	*Par haïne et par malvoillance*
Pert hon l'amor et l'acointance	*Pert hom l'amour et l'acointance*
De Jhesu Crist nostre seignor,	*De Jhesu Crist le sauveour,*
Qui as suen[s] done assez ennor.	*Son seignour et son creatour.*
Qui est avers et covoitoux	*Qui est avers et couvoitous*
Et de l'autrui bien envioux ;	*Et d'autrui bien est envious ;*
Qui de mal faire est en agait,	*Qui de mal fere est en agueit,*
Vers son prisme dit mal et fait	
Et qui se delite en mesdire	
Et de movoir malvais concire,	
Et cil qui s'esjoïst de mal,	*....... s'esjoïst dou mal,* (v°)
Ou reigne Deu n'a point d'ostal.	*.... ne Dieu n'a point d'ostal.*
Qui vers son voisin fait boisdie	*..... son proisme fait boisdie*
Et malvaistié et tricherie,	*........ ne tricherie,*
Qui se poinne de l'engignier	*..... ainne de l'engignier*
Ou au vandre ou au bargignier,	*.... vendre ou au barcheingnier,*
Qui li fait tort et qui le griege,	
De paradis perdra le siege.	
Sainz Pols le nos dit sanz dotance,	*.... le nous dit sans doutance,*
De tele gent prent Dex vanjance,	*.....gent prent Diex venjance.*
Ce nos dit la sainte Escripture.	
« Vai arriere ! n'ai de toi cure.	
La sainte Escripture croirai ;	
De ton consoil riens ne ferai. »	
Ce puet l'on remanbrer et dire	*...... on ramembrer et dire*

714 ja, *ms.* ta. —
724 prime *pour* proisme.

1. *Sic*, corr. *maltoste*

Por l'ennemi voincre (*sic*) et desdire.	.....*nemi vaintre et desdire.*
S'il dit ce, si se fenira,	.... *sant si cessera,*
Que formant ne le tamptera.	......*nt ne l'engressera.*
Deables met le monde avant [1]	... *ble part trait le monde avant*
Dont il fiert home ou vis devant.	.... *le fiert ou vis devant.*
Quant li presante argent ou or	.......*sente argent ou or*
D'amasser deniers ou tresor,	.......*r pecune ou tresor,*
Si die : « Nuns ne sert a Dé	......*us ne sert a Dé*
Ensemble ne a Manmoné. (*p.* 259)	....*eable Manmoné.*
Va t'an et ta monoie tote	...*t ta pecune toute*
En abysme la droite rote ! »	....*me la droite route !* »
Manmoné, c'est uns adversiers	.....*si est uns aversiers*
Qui fait amasser les deniers	.... *chesces amassier ;*
Et qui fait covoitier baillies,	*Si li fait covoitier baillies*, (f. 4)
Dignitez et granz seignories,	*Dignités et grans seignouries,*
Ou d'estre en cest monde ennorez,	*Ou d'estre en cest monde hounourés,*
Loez, prisiez et amorez :	*Loés, prisiés et redoutés :*
Ce est orguoilz et vainne gloire.	*Ce est orguex et vainne gloire.*
Et adès li veigne en memoire	*Adès li viegne en memoire*
Que Lucifer fu trabuchiez,	*Que Lucifer fu trebuchiés,*
Adam de paradis chaciez,	*Adam de paradis jetiés,*
Saül son roiame em perdi	*Saül son roiaume perdi*
Et eslut Dex le roi Davi.	*Et ellut Dieu le roi Davi.*
Nabugoth de nosor li rois	*Nabugodonosor li rois*
Fu come beste jorz et mois.	*Fu conme beste et jors et mois.*
Par son orgoil perdi sa gloire	*Il en perdi toute sa gloire*
Et tot son sen et son (*sic*) memoire;	*Et tout son sens et sa memoire;*
Come bues l'erbe aloit pessant,	*Conme buès l'herbe aloit pessant,*
As palmes et es piez querant.	*As paumes et as piès querant.*
Li rois Cosdroé ot copée	*Li rois Cosdroé ot coupée*
La teste en sa tor argentée.	*La teste en sa tour argentée.*
De tex genz dit li rois David,	*De tex gens dist li rois David,*
Si con l'on trueve en ses escriz :	*Si com trovons en ses escris :*
« Je vi le felon essaucié	« *Je vi le felon essaucié,*
Et si le vi mout haut dracié,	*Ce dit il, et mout haut levé,*
Et par delez leu trespassai,	*Et après, quant delès passai,*

755 *En marge il y a :* Cest ensoignemenz est bons a remambrer quant deables tempte home de l'ennor dou monde. — 759 *En marge* (*de même dans le ms. d'Orléans*) : Nemo potest servire Deo et Mammone. (MATT. VI, 24.)

788	Puis le quis, mès pas nu trovai. »	*Si le quis mais point n'en trovai.* »
	Orgoil, vainne gloire et bobant	*Orgueill, vainne gloire et boban*
	Trespasse come flor de champ.	*. . . t delit conme flour de champ.* (v°)
	Li hom, ja soit ce qu'il soit sains,	*. . r* [1] *hom, puis qu'il est bauz et seins,*
792	Si est cum herbe et come foins:	*. . est ausi com herbe et feins :*
	.I. jor est fresche et en verdor,	*.n jour est fresche et en verdour,*
	L'autre en puet l'on trover l'odor	*.utre en puet on chaufer le four.*
	Qu'ale est tantost mate et flestrie.	
796	Ausi trespasse nostre vie,	
	La beste d'ome et sa grant gloire(*b*)	*. . ute sa gloire et sa biauté*
	Blemist com flor, ce davez croire,	*.lesmit conme la flour dou pré,*
	Au matin fresche, au soir pasmée.	*.u matin fresche, au soir pasmée.*
800	Tost trespassa la grant ponée	*.out passa tost la grant posnée*
	Absalon et sa roiautez,	*Absalon et sa roiauté,*
	Sa grant gloire et sa grant beatez.	*.a grant gloire et sa grant biauté.*
	Malgré son pere se fist roi,	*.on pere vivant se fist rois,*
804	Demi an fu rois, bien ce croi;	*.t se p. . r . .* [2] *ui par .vj. mois.*
	Son pere chaçoit por ocirre,	*.l l'enchauçoit pour lui occirre,*
	Mais Dez nu sofri pas, ce oi dire,	*.ais nou vieut souffrir nostre Sire*
	Car a .j. jor d'une bataille	*.ar a un jour d'une bataille*
808	Que Joab conduisoit sanz faille,	*. . Joab maintenoit sans faille,*
	Qui estoit prouz et bien herdiz	*. . estoit et preuz et hardis*
	Et seneschaz au roi David,	*.t seneschiax le roi David,*
	La gent David et Absalon	
812	Se combatirent, ce dit l'on.	
	Quant li olz Absalon fuoit,	*. . . . t l'ost Absalon s'en fuioit,*
	Absalon sor .j. mul seoit	*. . salon sor un mul seoit,*
	Et per .j. bois fuiant aloit.	*. . par un bois aloit fuiant*

788 *En marge dans les deux textes :* Vidi impium, *etc.* [Ps. XXXVI, 35-6]. — 792 *En marge :* Homo sicut ferum dies ejus; tanquam flos agri sic efflorebit [Ps. CII, 15]. *Dans le ms. d'Orléans :* Omnis caro fenum, etc. Hodie flos in clibanum mittetur et ardet, *ce qui semble le début d'une poésie rhythmique imitée de* MATT. VI, 30. *Il existe parmi les poésies attribuées à saint Bernard une pièce sur le même thème :*

Cum sit omnis caro fenum
Et post fenum fiat cenum...

(*Arch. des missions,* 1886, p. 284; cf. Hauréau, dans le *Journal des Savants,* 1882, p. 178-9.) — 797 *Corr.* la belté. — 815 per *en toutes lettres.*

1. Je suppose qu'il y avait *Car.* — 2. Il y a un trou dans le ms.

816 Si biax chiés que .c. mars valoit	.. *biax chevex qu'il amoit tant,*
Se laça entor une branche.	... *acherent a une branche.*
Li muls li foï soz la hanche.	...*uls li fouï desou l'anche.*

Le quatrième feuillet des fragments d'Orléans s'arrête ici. Le cinquième, qui commence un cahier complet de huit feuillets, correspond aux vers 2449 et suivants du manuscrit de l'Arsenal.

Un autre essample a en latin (*p.* 281 *b*)
En la legende saint Martin
D'un qui laissa chevalerie :
2432 Moinnes devint, mua sa vie;
Et ausi la femme a celui
Redasevrée fu de lui.
Saint Martins, qui lor vie sot,
2436 Consoilla les, qui i pensot.
La dame avec nonnains tramist,
Le chevalier d'autre part mist.
Mais deable qui tojorz voille
2440 Mist au chevalier en l'oroille
Que, se sa fanme avoir peüst,
Gariz fust, bien li esteüt.
A saint Martin s'en vint tot droit,
2444 Si li ai dit ce qu'il voudroit :
« Sire, mout fust bon, ce me semble,
Se nos peüssons estre ensamble
Je et ma fenme en compaignie;
2448 Si menrions mout sainte vie.

—Ne puest estre, dit sainz Martins :	*Ne puet estre, dist S. Martins* (f. 5) :
Tu es moinnes et clers latins. »	*Tu es moines, ce est la fins.* »
Li chevaliers li dit après :	*Li chevaliers si dist après :*
2452 « De fanme ne gerrai mès près :	« *Biau douz sire, ce n'ier jamès :*
Je suis moinnes et voé l'ai;	*Je sui moines et voé l'ai ;*
Ne briseroie pas ma lai;	*N'en doutés pas, bien m'en tendrai.*
Nul solaz ne quier mais avoir	*Nul soulaz ne quier plus avoir*
2456 Fors de parler et de veoir. »	*Fors dou parler et dou veoir.* »
S. Martins dist au chevalier :	S*ains Martins dist au chevalier :*
« Ne te doiz a ce travaillier.	« *Or me dites, biax amis chier,*
Fus tu onques en assamblée	*Fuz tu onques en assamblée*

815-17 *La leçon originale pourrait avoir été...* fuiant alot | Si biax chevex que tant amot | Se lacherent... — 2430 *Ici et plus loin, l'abréviation donne plutôt* Mertin, *mais il y a* Martins *en toutes lettres au v.* 2451. — 2453-4 *Rime étrange que n'offre pas l'autre ms.*

De bataille ne de mellée ? »
Et cil respont por verité:
« En mainte bataille ai esté, (*p.* 282)
Sovant en assamblée fui,
Et cops donai et cops reçui.
— Or me respon donc, biax amis,
Puis que tu t'en es entremis
Entre genz qui se combatissent
Et lor anemis atendissent,
Et veïs tu fenme arester
Et de soi conbatre aprester?
Li moinne se doivent combatre
Vers l'ennemi qui les vuet batre,
Comant i seroit fenme donques ? »
Li chevaliers respont adonques:
« Fanme ne vi onc en estor.
Or me conois, or m'en retor,
Que la fanme enpeescheroit
Les combatanz et lor nuiroit.
Molt grant folie requeroie;
Ce n'est pas bon que g'esperoie.
Deables me cuidoit engignier
Qui si me façoit barquignier;
Et Deu et vos je en mercie
Qui m'a rescox de sa boidie. »
Lors li ai dit apartemant
S. Martins cest ensoignemant :
« Assamblemant de chevaliers
D'omes doit estre forz et fiers.
La fome (*sic*) s'an doit esloignier,
Ne s'i doit pas acompaignier.
Qui verroit .j. ost assamblée
De fammes et d'omes jostée,
Molt moins redotée en seroit
Et chacuns moins l'em priseroit.
Chevaliers au plain et au champ
Se doit combatre sanz eschamp.
La fanme par droite raison
Se doit enclorre en sa maison;
Ne se doit demostrer en place (*b*)

N'en bataille ne en mellée ?
Et cil respont par verité :
En mainte assemblée ai esté
Et sovent en bataille fui;
Cox i donai, cox i reçui.
— Ore me respon, biax amis,
Par verité a ton avis :
Antre gent qui se combatissent
Ou lor anemis atendissent
Veïs onques fame arrester
Et de soi combatre aprester,
Nule fame veïs i onques ? »
Li chevaliers respont adonques :
« Nenil, sire, en Dieu amour.
Or reconois je ma folour. (v°)
N'est pas bon ce que je disoie,
Ne mès preuz ce que je queroie.
Sathans me cuidoit engignier
Qui si me faisoit bargeignier.
Graces rent a Dieu et a vous;
De la boisdie sui rescous. »
Après dist cest enseignement
S. Martins tout apertement :
« Assemblemens de chevaliers
D'omes doit estre fors et fiers.
La fame s'en doit esloignier,
Ne s'i doit mie acompaignier.
Qui verroit un ost assemblée
De fames et d'ome ajoustée,
Mout mains redoutée en seroit
Et chascuns mains l'en priseroit.
Chevaliers au plein et au champ
Se doit combatre sans eschamp.
La fame par droite reson
Se doit enclorre en sa meson,
Ne se doit demoustrer en place,

2485 apartemant *est en toutes lettres.*

2500	Se faire vuet qui a Dieu place;	*Se faire veut qui a Dieu place;*
	Et s'ele vuet Deu soploier	*Et se bien se veut esprover*
	Et deservir plus grant loier,	*Et deservir plus grant loier*
	Le suen cors chaste bien net tiegne	*Son cors et net et chaste tiegne* (f. 6)
2504	Et de folie se retiegne;	*Et de folie se retiegne;*
	Si en avra loier greignor	*Si en avra loier greignour*
	A la venue son seignor.	*A la venue son seignour.*

Quel que soit l'intérêt de cette littérature, je ne veux pas abuser des citations, et je passe à la conclusion dans laquelle l'auteur se fait connaître. Le texte d'Orléans nous fera défaut d'abord, mais pour les quatre-vingts derniers vers nous pourrons le mettre en regard du manuscrit de l'Arsenal.

Qui cest livre ci hanteroit,
Je cuit que ses profiz seroit.
Et Dex de pechié les delivre
3184 Toz ces qui liront en cest livre.
A Deu les livre et les comant
Toz ces qui orront cest romant,
Je les reçoif en toz les biens
3188 Que je faz come crestiens,
Et Dex parçoniers les en face
Et lor outroit la soe grace.
Et por ce que Dex lor pardont
3192 Et sa beneïçon lour dont
Et tojorz les gart de moleste, (*p.* 292)
Je faz a toz une requeste :
Qu'il deprient le Salveor
3196 Que merci ait dou pecheor
Et pitié du povre Symon
Qui est de boe et de lymon.
L'arme et le cors a emboé,
3200 De pechié tachié et loé;
Por ce prient de li laver
Que pechiez nu puisse grever.
De lymon est cil et de boe
3204 Qui cest livre escrit en escroe,
Issi com Dex ou cuer li mist
Et qui la boche ovrir li fist.
Escroe apele l'on sanz faille
3208 De parchemin povre retaille.
Il n'avoit ne sen ne clergie
Par quoi osast tel envaïe
Emprendre par soi a nul fuer,

Quant Dex l'en apaisai son cuer
Por ce qu'a siecle avoit esté
Ou vit la graut iniquité
Et mal plus que bien i aprist;
Si l'en membra : pitié l'en prist.
Au monde fu jaidis liez,
Et quant il s'en fu desliez
Si se traist a religion
Qui ert en cele region ;
Prist li pitiez des pecheors,
D'amander lor vie et lor mors;
Por ce si se prist a escrivre
Et fist en romanz icest livre,
Et si le traist d'autorité
Au muez qu'il sot la verité.
Mais d'itant molt se dote e crient
Et a presumption le tient,
Quant il d'ensoignier s'entremit,
Qu'en aprandre son tens pou mist; (*b*)
Mais, que qu'il seüst ou que non,
Il i ot bone entencion,
Et por profitier a autrui
Plus qu'il ne fist onques por lui.
Mais une chose le conforte
Et plus liement s'en deporte,
Que s'il i ai dit aucun bien,
De Deu vient, de li n'i a rien.
Issi le croit il voiremant
Et le set tot certainnemant;
N'en quiert que Deu gloirefier
Et beneïr et mercier.
A Deu en laisse la loenge,
N'en quiert avoir lox ne losenge.
Quant Dex done a home escience,
Grace ou vertu ou sapience
Et tote bone volenté,
Force ou vigor ou poesté,
De Deu vient tot par estovoir;
De soi ne puet l'on rien avoir;
Sanz li ne puet oisiax voler,
Ne fuille d'arbre jus coler.
Issi fait cest monde et ordenne,
Issi le governe et assenne;
Issi l'outroie, issi le done

Force et vertu et poesté. (f. 13)
Par soi ne puet hons riens avoir
Ne piez ne mains sans Dieu movoir ;
Sans lui ne puet oisiax voler,
Ne fueille de l'arbre coller.
Issi fait cest monde et ordene,
Issi le governe et assene ;
Issi l'otroie, issi le done

3256	Et sueffre a chacune persone;	*Et sueffre a chascune persone;*
	Issi laisse raignier mal home	*Issi leisse reignier mal home*
	Con il laissa maingier la pome.	*Com il leissa mengier la pome.*
	Tot a fait ordoneemant	*Tout a fait ordeneement,*
3260	Et tot par verai jugemant :	*Et tout en vera* (sic) *jugement :*
	Le bien por home conforter	*Le bien pour home conforter*
	Et por li plus bel deporter,	*Et pour lui plus biau deporter,*
	Et le mal sueffre a avenir	*Et le mal sueffre il a venir*
3264	Por chastier, por repentir.	*Pour chastier, pour repentir.* [1].
	Il refist l'anesse parler	*Il refist l'anesse parler*
	A Balaam qui vot aler.	*Et a son seigneur desrener.*
	Mal dire l'o[s]t par le loier (*p.* 293)	
3268	Que li promistrent li guerrier.	
	Les mervoilles que Dex a faites	*Les merveilles que Diex a faites*
	Ne pourroient estre retraites.	*Ne porroient estre retretes.*
	Et se aucuns tient a bobanz	*Et se ascuns tient a bobans*
3272	Que j'ai traitié et fait romanz,	*Que j'osai traitier cest romans,*
	Ou se aucuns m'an blasme ou chose	*Ou se aucuns m'en blasme et chose*
	Que j'ai mespris d'aucune chose,	*Que j'ai mespris d'aucune chose,*
	Beneïz soit qui m'an reprant :	*Beneois soit qui m'en reprent :* (v°)
3276	Moie corpe ! je m'en repent.	*Moie corpe ! je m'en repent.*
	Dex m'an doint voire conoissance	*Diex m'en doint voire conoisance*
	Et avoir droite repentance,	*Et avoir droite repentance;*
	Que je de l'amender m'apreste.	*De l'amender sui je toz prest.*
3280	Et si faz priere et requeste	*Et si fais proiere et requeste*
	Que, se Dex a doné la grace	*Que, se Diex a doné la grace*
	A aucun que il le reface	*A autrui que il la* (sic) *reface*
	Et le romant amander voille,	*Et le romans amender veille,*
3284	Jhesu Crist en bon le recoille;	*Jhesu Criz en gré le recoille;*
	Et je le recoil bonemant,	*Et je le recuoell bonement,*
	Sanz envie et sanz marremant.	*Sans envie et sans marrement.*
	Plus voient cler plusor que uns;	*Plus voient cler plusors que uns;*
3288	Aucune foiz revoit aucuns	*Aucune foiz revoit aucuns*
	Ce que ne voient pas plusor.	*Ce que ne voient pas plusour.*
	Dex descuevre bien au menor	*Diex revele bien au menour,*
	Ce qu'al grant ne vuet demostrer,	

3267 *Le copiste qui a écrit* lot *n'a pas compris. Il s'agit de l'*ost *des Hébreux, et les guerriers sont les Moabites. Voy.* NUM. XXII.

1. *En marge* (dans le ms. d'Orléans seul). Omnia que fecisti nobis, Domine, in vero judicio fecisti; bonum scilicet ad consolationem, malum ad correptionem et emendationem.

Si con sa grace vuet ovrer;	
Et tel chose ensoigne il a un	*Et tel chose enseigne a l'un*
Qu'il n'ensoigne pas a chacun.	*Qu'il n'enseigne pas a aucun.*
Et se li romanz passer puet,	*Et se li romanz passer puet,*
Que riens amander n'i estuet,	*Que riens amender n'i estuet,*
Dex en puisse estre merciez	*Diex en puisse estre beneïz,*
	A lui en soient les merciz,
	Et il en soit beneürez
Et beneïz et graciez!	*Et beneïz e merciez!*
Or li prions trestuït ici	*Or li crions trestuit merci,*
Qu'il ait des pecheors	*Or li crions trestuit merci* [1]
[merci,	*Qu'il ait.........* [2] *merci* (f. 14)
Et nos consest trestoz en fin,	*Et nous consest trestous en fin,*
Et toz nos proigne a bone fin;	*Et si nous praigne a bone fin,*
Et le povre SYMON regart	*Et le povre* SIMON *regart*
Et nos a lui traie a sa part. (*b*)	*Et nous et lui traie a sa part.*
Pater noster chacuns en die,	Pater noster *chacuns en die;*
Que Dex li doint durable vie,	*Que Diex li doint durable vie,*
Et nos mate toz en bon en;	
Chacun de nos en die *amen*!	*En après si en die* amen,
	Que Diex li doint valeur et sen!
Sire Dex, rois de maïsté,	*Sire Diex, rois de maesté,*
Qui tot es en ta poesté,	*Qui tout as en ta poesté,*
De cui descent et vient toz biens,	*De qui descent et vient tous biens*
Done, sire, a tes crestiens,	*Done, sire, a tes crestiens*
A toz ces qui merci te crient	*A tous ce.... merci te crient*
Et qui te soploient et prient,	*Et qui te ...oient et prient,*
Que par ton saint aspiremant	*Que par ton saint aspirement*
Puissons panser si droitement	*Puissons penser si droitement*
Et nos pensez a euvre traire,	*Et noz pensers en oevre traire*
Que bones euvres puisson faire,	*Que bones oevres puissons faire,*
Et par toi soient governées	*Et par toi soient governées*
Et noz euvres et noz pansées.	*Et noz oevres et noz pensées.*
Douz Dex qui me formas aiez [merci de moi,	*Douz Diex qui me formas aiez merci [de moi,*
Et mes diz et mes faiz adresce en [bone foi,	*Et mes diz et mes faiz adresce en bone [foi,*
Qu'en ton saint paradis puisse [estre avecques toi,	*Qu'en ton saint paradis puisse venir o...*

3307 *Rime bien faible; voir Orléans.*

1. *Sic*, le vers est répété.
2. La marge supérieure du feuillet est coupée.

3324 Et eschiver d'enfer la puor et le [toi. *Amen.*

Dex qui es verité, fontainne [de douçor
Qui m'as de mort sire a toi [man acor
En tes mains, en ta garde [comant mon esperite;
3328 De poinne me delivre et de [pechié me gite. *Amen.*

En tes mains, en ta garde ren je [mon.....
De painne me delivre et de pechié.....

Explicit romanum de tribus inimicis, scil. mundo, carne, demonio.

APPENDICE

NOTICE DU MS. DE L'ARSENAL 5201

Ce ms., coté naguères *Belles-lettres françaises 90*, n'est pas inconnu, puisque Roquefort l'a mentionné, à propos de Robert de Blois, dès 1815[1], mais il est certain qu'on n'en a guère tiré parti jusqu'à présent, et qu'il mérite une description détaillée. C'est un beau livre en vélin de belle qualité, composé de 199 feuillets, soit 398 pages (le volume est paginé par pages et non par folios), ayant 295 millimètres de hauteur sur 198 de largeur. Chaque page contient deux colonnes à 37 lignes. L'écriture appartient au dernier tiers du XIIIe siècle. L'ornementation se compose de belles lettres historiées et de grotesques placés dans les marges des pages où commence un nouvel ouvrage. J'ignore pour qui le ms. a été fait, mais assurément il a dû originairement faire partie de la bibliothèque d'un riche personnage, probablement de quelque seigneur lorrain, à en juger

1. *De l'état de la poésie française dans les* XIIe *et* XIIIe *siècles*, p. 183.

par le langage. Au moins puis-je dire à qui il appartenait au commencement du xve siècle. Ayant aperçu, au bas de la dernière page, quelques faibles traces d'une ancienne mention de propriété qui avait été grattée, j'ai réussi à faire revivre l'écriture et à lire la note qui suit : *Cest livre est a Guichart Dauphin, seigneur de Jalegny et de Bomez*. Guichart Dauphin est connu : il était fils de Guichart Dauphin, seigneur de Jaligny, de la Ferté Chauderon et de Treteaux, qui fut gouverneur de Charles VI et maître des arbalétriers[1]. Le ms. de l'Arsenal n'est pas le seul livre qui porte son *ex libris*. On peut lire la même note sur le ms. fr. B. N. 1297 qui contient le Livre du roi Modus[2]. Ce personnage, qui fut tué en 1415 à Azincourt, possédait une assez belle bibliothèque dont le catalogue a été publié par Le Roux de Lincy[3], d'après un ms. du Louvre (brûlé pendant la Commune), provenant de Joursanvault. Ce catalogue contient 82 articles : notre ms. n'y figure pas. Au siècle dernier il appartint au duc de La Vallière d'où il passa chez le marquis de Paulmy, puis à l'Arsenal.

I.

ROBERT DE BLOIS.

Poèmes divers.

Comme ces poèmes présentent un ordre très variable, selon les mss., j'essaierai de les isoler, donnant à chacun d'eux un numéro d'ordre pour faciliter les citations et les comparaisons avec les autres copies[4].

1. — Le poème commence ainsi :

Robert de Blois qui ot laisié (f. 1.)
Le rimer, l'a recomancié ;
Mais ce n'est mie sanz raison :
Qu'il voit cest siegle si felon
Et de vices si corrumpu
Qu'a poinnes s'an est tant tenuz.
Ne set que faire ne que dire,
Car cist siegles trop fort empire.

1. P. Anselme, VIII, 47.
2. Delisle, *Cabinet des manuscrits*, II, 373.
3. *Bulletin du Bibliophile*, 1843, pp. 518-27.
4. Voici l'indication de ces copies :
Arsenal 3516 (anc. B. L. Fr. 283) fol. ccxcv v° à ccc v°.
Bibl. nat. fr. 837, ff. 129-35 ; contient sous ce titre : « Le chastiement des

Mais mout en est ses cuers dolanz
Qu'il empire si a son tans.
Tost cuide qu'il doie finer
Quant si lo voit a mal torner,
Quar covoitise et avarice
Qui sont li dui plus haï vice
Ont les princes navrez si fort
Qu'il vaillent po plus vif que mort.
Volentiers les chestieroit
S'aucuns amander s'an devoit,
Mais il crient mout perdre sa poinne,
Se il du chestoier se poinne,
Qu'essez ont oï chestoiors,
De plus sages et de moillors,
Qui sovant chestiez les ont,
Mais petit amandé se sont,
Quar tant ont mal acostumé
Qu'a poinnes en seront osté.
Grant duel ai que si mal mis sont;
Se malvais consoillier le font.
Je pri trestoz les sainz du monde
Que malvais consoilliers confonde.
Ne savez traïson greignor
Que forconsoillier son seignor.
Se m'aït Deu, se je pouoie,
Tot sanz proier les gariroie, (*b*)
Et, que que m'an doie avenir,
Je verrai s'on les puet garir
Ou lo malaide buer sejorne
Qui de mort a vie le torne....

Ce prologue, qui a 72 vers, se trouve encore dans le ms. 2236, où le poète est appelé Herbert, et dans le ms. 24301 où il commence par 46 vers qui ne se trouvent point ailleurs [1]. Le ms. 3516 de l'Arsenal commence plus loin.

2. — A la suite de ce prologue de 72 vers, vient dans le ms.

---

dames », les sections ci-après numérotées 5 et 13. Ce morceau est publié dans Barbazan-Méon, *Fabliaux et Contes*, II, 184-219.

Bibl. nat. fr. 2236 (ancien Cangé), ms. du XVe siècle sur papier. Même disposition que dans Ars. 5201, mais ne contient pas les sections 4, 5, 14, 15.

Bibl. nat. fr. 24301 (Sorb. 1422) pp. 475-620. Ce ms., utilisé par P. Paris dans l'*Histoire littéraire*, XXIII, 735-49, est incomplet de la fin. Il contient à peu près les mêmes morceaux que le ms. 5201 de l'Arsenal, mais il les présente dans un ordre tout différent.

Musée Brit., Cott. Cleop. A. 8; morceau correspondant à la section 3, et publié dans la *Romania*, VI, 501; cf. l'errata, p. 637.

On trouvera plus loin, p. 43, un tableau de concordance entre le ms. 5201 de l'Arsenal et les autres exemplaires.

[1] Voici ces vers :

De trop parler est vilonie
Et de trop taisir est folie.
Damaiges vient de trop taisir,
Et trop parler ce fait haïr.
Por ce se doit amesurer
Qui vuelt avoir pris de parler,
Que saiges hons a pou de cure
De toutes choses sanz mesure.
Et por ce dit ROBERS DE BLOIS :
Qui parler vuet soit si cortois
De sa parole k'il ne die
Chose ki tort a vilonie,
Ne dont nuns li saiche mal grei ;
Ensi seront ci dit lowez
Et si iert volentiers oïs
Et des prodomes conjoïs ;
Car nuns dis ne fait a prisier
Dont aucuns ce puet corrocier ;
Car ce je ris et vos plorez
D'autrui dit, ce n'est pas assez ;

5201, un chapitre contenant la dédicace du recueil. Il est précédé de cette rubrique qui ne lui convient pas entièrement : *Du blasme des princes et des prelaz*. En voici les premiers vers :

Qui porroit ce des princes croire,
S'il ne voit ou oïst la voire,
Qu'a mangier font fermer lor us !
Se m'aïst Dex, je ne m'an puis
Taire quant dient cil usier :
« Or fors ! mes sires vuet maingier ! »

La leçon est la même, ou à peu près, dans 2236. Je vais transcrire la fin de ce chapitre où l'auteur fait l'éloge de ceux à qui il dédie son œuvre. Cette sorte de dédicace fait défaut dans le ms. 24301, d'après lequel P. Paris a analysé l'ouvrage. Elle se trouve, mais bizarrement modifiée, dans le ms. 2236. Voici le texte du ms. de l'Arsenal :

A .ij. de mes moillors amis,
Qui bien sont andui de tel pris
C'on doit mout bien por aus rimer,
Vuil je cest livre presanter;
Et se cil lo proignent en gré
Mout avrai richemant ovré.
Si feront il, je n'an dot mie,
Qu'il sevent tant de cortoisie,
C'on doit panre de son ami
Un petit don a grant merci.
Lor nons ne vuil je pas celer, (*p.* 3 *b*)
[C'on doit bien prodomme nommer,]
Li uns Hues Tyreaus de Pois,
Uns chestelains prouz et cortois,
Li autres Guillames ses fiz
Qui est saiges, prouz et soutiz,
Gentis, bien parlant, qui mout vaut
C'on ne porroit, se Dex me saut,

Mais tel dit doit on bien oïr
Dont tuit ce pueent esjoïr.
Et ki vuet aucun chastoier
Si k'il ne ce puist corroucier,
Comunement doit toz blasmer
Ceulz ki tel sont sanz nul nomer;
Et ki tel blame sor lui trait,
Saichiez bien k'il ce seit forfait.
Corpables est, bien puet on dire,
Qui de comun blasme s'aïre;
Mais Robers n'en vuet .j. nomer
De trestoz sous k'il vuelt blasmer,(*b*)
Ainz vuet dire comunement
Por chastoier toute la gent.
N'en blamerai nul endroit moi,
Car je ne vuel ne je ne doi.
Qui c'onkes vuet autrui blamer
Bien ce doit en soi aviser
Que il si nès et si purs soit
C'om ne puist lui blasmer par droit.
Ne blame pas cortoisement
Autrui cui ces blasmes reprent.
Ce je blame .j. festui en l'eul
De mon voisin et je ne vuel
Blamer .j. tref ki gist ou mien,
On nel doit pas tenir a bien.
S'a il bien de blamer raison
Qui voit cest siecle si felon....

182 Vers omis dans le ms. de l'Arsenal et rétabli d'après le ms. 2236. — 183-7 La leçon du ms. 2236, intentionnellement modifiée dans un ms. antérieur, et très probablement corrompue dans celui-ci (fol. 4 v°), est ainsi conçue :

Li .j. est Tierri, li quens frans
De sort phat (*sic*), li autre Johans
De Bruges, certes, qui moult vaut.

Jusque a Londres trover moillor.
Tant vos di je de sa valor
Qu[e] il hait tote maulvaistié ;
Car dedanz lui sont habergié
Honors, cortoisie et largece,
Herdemanz, savoirs et prouesce.
Bien set ses amis consoillier,
Ses henemis desavancier,
Car s'espée et ses escuz
N'est pas a besoing reponuz.
En plusors leus est esprovée
Sa valors et sa renonmée,
Qu'il n'ai chevalier en Bretaigne,
Jusqu'a l'antrée d'Allemaigne,
N'en Borgoigne n'en Normandie
Qui manteigne chevalerie
Don Guillames ne soit conuz
Et de prouesce remantuz.
Il n'ai en Vimeu n'en Pontis
N'en Aminois n'en Belvesis
Conte de si trés grant hautesce
Ne prince de si grant noblace.

Du bon Huon.

Du bon Huon puis je bien dire
Qu'il n'ai moillor en tot l'empire,
Muez saiche proudome servir,
Muez honorer et conjoïr ;
Et tant par est cortois de cuer
Que il ne voudroit a nul fuer
Avoir dite chose ne faite
Qu'en vilonie fust retraite. (*p*. 4)
De ce refait mout a prisier
Que boiseors ne maus parliers,
Orgoilloux, felons ne malvais
N'avront jai s'amor ne sa pais.
Il n'ont entor lui nul repaire :
Nes vuet veor, n'an ai que faire.
Il ne voudroit en nule guise
Avoir mespris vers sainte Yglise.
Deu ainme, Deu crient, Deu aore,
Au mostier velontiers demore.
Ne set pour perde trop doloir,
Ne por gaaing trop joie avoir.
N'est pas de loigier esmaiez,
Ainz est toz jors joianz et liez.
N'ai de ci jusque en Ingleterre
Nul qui tant face de sa terre :
Mout tient bel ostel et sovant,
A grant honor le suen despant.
Vos ne savez de la richece
Conte, ne dire sa largesse.
Frans est de cuer, bien faiz de cors,
Granz par mesure, beax et fors,
Debonaires por acointier
Avisez quant il doit jugier.
Tex est cil Hues, tex est sa vie,
Sanz orgoil et sanz vilonie.
Dex li acroise ses amis
Et apasoit ses henemis!
Et que dirai je de ma dame ?
Se Dex me desfande de blasme,
Ne sai moillor ne près ne loing,
S'an ai de mainte gens tesmoing.
Et se li vient bien de paraige
Qu'ale soit prouz, cortoise et saige:
Li bons Jofrois de la Chapele,
Par cui sans douce France bele
Est tensée et mantenue (*b*)
Et de grant richece acreüe,
L'engendrai, c'est la veritez;
Dex li accroisse ses bontez !
Je nes vuil ores plus prisier,

207-10 Ces quatre vers font défaut dans 2236. — 211 *Tierri* est substitué à *Huon* dans 2236. — 229-30 Cf. *Guill. le Marèchal*, vv. 118-9 : *Que nuls dels* (*duels*) *n'est a sordoleir* | *Ne nule joie a sorjoïr*. — 238 *Conte ne duc* 2236. — 246 Le subj. présent *apasoit* est remplacé dans 2236 par la forme plus ordinaire *apaise*. — 253-9 Naturellement ces vers ont été changés dans 2236, où on lit (fol. 5 v°) :

Nulles dames meillors ne sont
Que del parage d'Aspremont ;
Touz jours ont portée la flour
De courtoisie et de valour.
Mais ne (*corr.* nes) veil ore plus priser.

C'on ne cuit que por losangier
Le feïsse, mès je prandrai
En aux le bien qu'après dirai.
Ja tant con li siegles durra
Lour renonmée ne faudra.
Après la mort seront conté
Avec les bons et renonmé.
Bien sai que mes nons et li lor
N'estront oblié a nul jor.
Chescuns qui cest livre lira
Toz .iij. en bien nos nonmera.
Li bons, quant nonmer nos orront,
Por nos armes Deu prieront.
Tant est granz chose de bonté
Qu'après la mort sont reconté
Li fait de ces qu'ainment honor;
Et de l'oïr ont tel douçor,
Li bon, quant des bons parler oient,
Qu'il s'an rient et s'an esjoient,
Et li malvais sont si porri
Que de lour euvres dit l'on si.
Cist diz n'est pas controvaüre,
Ainz est toz estraiz d'escripture,
Et toz ou mostier S. Martin
Le trueve on escrit ou latin.
Or le vuil je ou romant matre
Tot ainsi conme dit la latre,
Que ja du mien riens n'i metrai
Fors tant que par rime dirai,
Por ce qu'a cel[s] le voil aprandre
Qui latin ne sevent entendre,
Car cil le bel dit mout amande
Qui dit si que chescuns l'entande. (*p.* 5)
Et cest diz est tant beaus et genz
Qu'aprendre i porront mainte genz
Bon essample por amander,
S'il i vuellent a droit panser;
Et tuit cil qui lire l'or[r]ont
A toz jors mais muez an vaudront:
Li mavais s'an chestiera
Et li bons s'an amandera.
Tant con li bons est plus loez
Et plus enforcent ses bontez.
Et s'aucuns me vuet demander
Comant doi cest livre nonmer,
Je ne vuil mie par raison
Que nule chose soit sanz non;
Por ce ja le vos nonmerai
Quant des dames vos parlerai.
Lors vendra li nonmers a point;
Ainçois n'an nonmerai je point.
Et trestuit cil qui ont mestier
De bien oïr et d'ensoignier
I doient volontiers entandre,
Qu'il i porront grant sans aprendre.

La leçon contenue dans le ms. de l'Arsenal 3516 offre une particularité bien singulière. Elle débute par les douze premiers

---

268 *N'ierent* 2236. — 275 Le ms 2236 porte (fol. 6) :

Li bons qui ameront honor
Et de l'oïr ont tel dolor (*sic*)
Qu'il s'en rient et s'en esjoient
Li bon quant les bons parler oient.

C'est la leçon qu'offre aussi le ms. 3516 de l'Arsenal cité plus bas. — 280 *si* corr. *si*, ce qui est la leçon du ms. 2236. — 281 A partir d'ici jusqu'au v. 300, notre ms. se raccorde avec le ms. 24301 p. 478 *b*-479 *c*. — 283 *Et toz* (*et* peut-être pour *a*, en lorrain) n'a pas de sens. La bonne leçon *a Tours* est conservée par les ms. 2236 et 24301 de la Bibl. nat., et par le ms. 3516 de l'Arsenal cité à la note suivante.

vers du roman de Thèbes, à la suite desquels viennent les vers 273 et suivants du texte publié ci-dessus. En tête se trouve le titre *l'onour as dames*, qui, selon l'intention formellement exprimée par l'auteur (vv. 302 et suiv.), ne doit prendre place qu'à la suite du prologue. Je donne en note le prologue tel qu'il se présente dans le ms. 3516[1].

Le morceau qu'on vient de lire est d'une grande valeur, puisqu'il nous fait connaître les deux personnages à qui Robert de Blois a dédié son œuvre : Hue Tyrel de Poix et son fils Guillaume. Ce sont deux membres d'une famille bien connue, à laquelle appartenait le Gautier Tyrel qui, par accident, tua le roi d'Angleterre Guillaume le Roux, près de Brokenhurst, dans le New Forest. Hue occupa la seigneurie de Poix de 1230 à 1260, et son fils Guillaume de 1260 à 1302[2]. Robert de Blois nous apprend que le premier avait épousé la fille de Joffroi de

---

1. *L'onour as dames.*

Qui sages est nel doit celer, (*f. 295 r° a*)
Ains doit son sens por ce mostrer
Que, quant il ert del siecle alés,
Tos jors en soit puis ramenbrés.
Se dans Homers et dans Platons,
Et Virgiles et Cicerons
Lors sapience celisant,
Ja n'en fust mais parlé avant.
Por ce ne voeil mon sens covrir,
Mais sapience retenir.
Mout me delit a raconter
Ce que digne est de ramenbrer.
Tant est grant cose de bonté [273]
Qu'après la mort sont reconté
Li bon qui ameront honor;
Et de l'oïr ont tel dolchor [276]
Qu'i s'en rient et s'en esjoient [278]
Li bon quant des bons parler oient; [277]
Et li malvais sont si pori
Que de lor oevres dist on fi! [280]
Cist dis n'est pas contruevëüre,
Ains est tos estrais d'escriture.
A Tours, el mostier S. Martin,
Le trueve on escrit en latin. [284]
Li dis est mout beax et mout gens [293]
Que bien i poront totes gens
Example prendre d'amender,
S'il i volent a droit penser; [296]
Et tot cil qui lire l'oront
A tos jors mais miels en vauront:
Li malvais s'en castiera
Et li bons s'en amendera. [300]
Tant que li bons est plus loés,
Et plus enforce sa bontés.
E s'alcuns me volt demander
Coment doit cest livre nomer, [304]
Je ne voi[l] mie par raison
Que *nule cose soit sans non*,
Por ce ja le vos nomerai
Quant des dames vos parlerai; [308]
Lors venra li nomers a point,
N'anchois n'en vos nomerai point.
Et trestot cil qui ont mestier
De bien oïr et d'enseignier [312]
I *doivent volentiers entendre*
Qu'il i poront grant sens aprendre. [314]
As prinches enconmencherai,
Et par ce que je lor dirai
Se poront bien tuit castoier (*b*)
Dames et cler [et] chevalier.

Ces quatre derniers vers manquent dans le ms. 5201 de l'Arsenal, mais ils se retrouvent à la même place dans le ms. 2236 de la Bibl. nat. (fol. 7).

2. Voy. l'abbé Delgove, *Poix et ses seigneurs*, dans les *Mémoires de la Soc. des Antiq. de Picardie*, 3e série, V (1876), p. 356-366. Un acte de Hue Tyrel, daté de 1233, est analysé dans Douet d'Arcq, *Inventaire des Sceaux*, n° 3796.

la Chapelle[1]. Celui-ci fut un personnage considérable, et ce n'est pas par pure flatterie que notre poète (v. 253-6) lui attribue une action puissante dans le gouvernement de la France. Il était pannetier de France[2] C'est lui qui, en 1232, fut chargé de mettre le comte de Champagne en demeure de rompre le mariage qu'il allait conclure avec la fille du comte de Bretagne, sous peine de forfaire les fiefs qu'il tenait du roi de France[3]. Il figure dans les comptes royaux en 1238[4].

Ce sont là des notions tout à fait nouvelles qui augmentent singulièrement l'intérêt de l'œuvre de Robert de Blois, à laquelle il est possible désormais d'assigner une date approximative. Elles ont échappé nécessairement à M. P. Paris, qui s'est servi, pour l'article qu'il a consacré à Robert de Blois dans l'*Histoire littéraire*, du ms. Bibl. nat. 24301 où le passage relatif aux protecteurs du poète est entièrement dénaturé. Les noms de ceux-ci sont supprimés. Le texte, considérablement remanié, porte que Robert dédie son œuvre à *un* (non plus à *deux*) de ses meilleurs amis. Le nom de cet ami n'est pas donné : quelques vers propres à cette leçon annoncent qu'on le trouvera à la fin du poème, assertion que nous ne pouvons contrôler, les derniers feuillets du ms. étant en déficit. Les deux textes, toutefois, peuvent être d'une égale authenticité, si, comme il semble probable, Robert de Blois a fait deux éditions de ses poésies[5].

3. — Immédiatement après ce chapitre, qui est en réalité un second prologue, commence, dans le ms. 5201, la teneur du

1. Ce mariage, dont l'authenticité ne semble pas contestable, n'est pas mentionné par M. l'abbé Delgove, qui, toutefois sans indiquer aucune source, attribue à Hue Tyrel trois autres alliances.

2. Voy. le P. Anselme, VIII, 604 DE.

3. Joinville, éd. de Wailly, 581 ; cf. d'Arbois de Jubainville, *Hist. des comtes de Champagne*, IV, 255.

4. *Rec. des Histor. de France*, XXI, 254 J et 257 C.

5. Je joins ici le texte du ms. Bibl. nat. 24301, y joignant entre [ ] des références au ms. de l'Arsenal.

A un de mes millors amis, (*p.* 478 *a*)
Qui bien est conus de tel pris [172]
C'on doit por lui mout bien rimer,
Vuel je cest livre presenter ;
Et ce cil lou resoit a grei
Mout avrai richement ovrei. [176]
Si fera il, je n'en dous mie,
Car il scit tant de cortesie,
C'on doit prendre de son ami
.I, petit don a grant merci. [180]
Tant vos di je de sa valour 190]
Jusques a Londres nen a millor, [189]
Car il heit toute mavistié.
En lui sont tuit bien herbegié, [192]
Honors, cortesie, largesce,
Hardimens, savoirs et proësce. [194]
Mais nel vuel ore plus prisiet, [259]
C'om ne cuit ke por lozengier [260]
Le feïsse, mais ce je pris
D'un autre preudome le pris,

poème « l'honneur des dames » ou, selon notre ms. « des femmes ». C'est le morceau qui se trouve copié à part sur un feuillet qui, maintenant, sert de garde au ms. Cottonien *Cleopatra* A 8, et que j'ai publié, sans en reconnaître l'origine[1], dans la *Romania*, VI, 501. Il ne s'est conservé de cette copie que 126 vers. Dans le ms. de l'Arsenal 3516 et dans le n° 2236 de la Bibliothèque nationale, « l'honneur des femmes » suit le prologue absolument comme dans notre ms., tandis que dans le n° 24301 il prend place beaucoup plus loin, p. 491 et suiv., les pages 478 (où finit le prologue) à 490 étant occupées par le roman de Beaudous.

Voici, d'après notre ms., le début de « l'honneur des femmes » :

L'ennor des fanmes.

Tout a premier vos chesti mout
Que si vilain ne si estout 316
Ne soiez que nuns de vos die
Des dames lait ne vilonie.
Mout s'empire, mout se honist
Li hons qui vilonie an dist. 320
Qui es dames honor ne porte
La soie honor doit estre morte.
Or esgardez, vilainne gent,
Con Dex vos het apertemant, 324
Vos qui dites de nule dame,
N'a tort n'a droit ne lait ne blame.
Furent lor ventre ou vos geüstes (*p.* 5 *b*)
Li premiers ostex que eüstes 327
Et char et sanc d'ales preïstes :
Comant est ce don que vos dites,
N'a gas n'a certes, mal ne lait
De ce don vos estes estrait? 332
Qu'ales vos ont tant comparé,
Tant soffert et tant enduré,
En vos si tandrement norrir,
Souef garder et conjoïr, 336
Que, se vos bien i pansas.ez (*sic*),
Par droit encliner les deüssiez.
Tuit li oiseaul soient honi
Qui şuelent conchier lor ni. 340
Certes, se je l'osoie dire,

Por exanplaire le prendrai [261]
De toz les bien ke je dirai. [262]
Tant vos en vuel encore dire [211]
Qu'il n'a millor en tot l'empire,
Muez sache proudome servir
Et honorer et conjoïr;
Et tant par est cortois de cuer
Que il ne voudroit a nul fuer [216]
Avoir chose dite ne faite
Qu'en vilonie fust retraite.
Orguillous ne fel ne malvais [221]
N'avront ja s'amor ne sa pais. [222]
En la fin del livre savrez
Par kel nom il est apelez.
Por muez entendre vos dirai (*p.* 478 *b*)
La matire dont traiterai :
D'une dame ki jadis fu
Au tens le riche roi Artu....,

Ces quatre derniers vers sont le début du roman de Beaudous, qui paraît suivre jusqu'à la page 508, et qui n'est rien de plus qu'un cadre dans lequel prennent place divers morceaux que nous allons retrouver dans le ms. de l'Arsenal 5201.

1. Je l'ai reconnue peu de temps après l'impression ; voy. l'*errata* du t. VI de la *Romania*, p. 637.

338 Ars. 3516 omet *les*; Cott. *Que aorer les d.*;

24301 *Que ce nos biens i penciens*
Par droit encliner les devriens.

340 Voy. *Romania*, XV, 318, v, 147-8.

Je juge que vos estes pire
Que ne sont bestes em pature
En cui n'ai raison ne droiture.

Cet éloge des femmes se termine ainsi :

Et je, por eles honorer (*p.* 7)
Toutes, ai a[m]pris a rimer
Cest livre ; se li met cest non
L'ONOR ES DAMES ; par raison
Doit il ainsins estre nonmez,
Qu'il est en lor honor rimez.
Et totes celes qui l'orront
Lire, bien sai qu'ales diront :
« Dex par sa pitié merci ait
« De l'arme celui qui t'a fait ! »

4. — Ici nos mss. sont plus que jamais en désaccord. Dans notre exemplaire, « l'honneur aux dames », qui semblait se terminer avec les vers qui précèdent, est suivi d'un nouveau chapitre consacré à l'éloge d'une dame en l'honneur de qui Robert affirme avoir composé son livre. Cette dame, accomplie de tous points, n'est pas nommée, et la description enthousiaste, parfois intime, que le poète nous fait de sa beauté, donnerait à croire qu'il a usé d'une sage discrétion en s'abstenant de la désigner par son nom. Toutefois, il est bon de savoir que la même description, en quatre-vingts vers ou environ, se trouve plus loin, p. 45-6, appliquée à une héroïne de roman, à Lyriope. Quoi qu'il en soit, l'éloge qui prend place ici, à la p. 7, sert de transition entre l'*Honneur aux dames* et quelques chapitres qui contiennent une sorte de traité de civilité à l'usage des dames.

De une dame que cil qui fit cest livre ne nomme pas, fors que sa beauté.

Et je l'ai fait en l'onor d'une
Qu'a[in]si com li soloz la lune
Sormonte, si sormonte cele
Totes les dames don novele
Fu dite, plus ai de .c. anz.
. . . .
. . . .
Mout set d'eschaz, mout set de
[taubles, (*p.* 8 *b*)
Lire romanz et conter faubles,
Chanter chançons, envoiseüres ;
Totes les bones apresures
Que gentiz fome (*sic*) doit savoir
Set ele, je vos di par voir.
En la soie honor qui vaut tant
Pardirai je d'or en avant
Ensoignemant qui mout vauront,
Qu'a Deu et au siegle plairont.

5. — Suite d'« enseignements » qui constituent tout un traité de civilité à l'usage des dames. On les retrouve, dans le même ordre, mais encadrés tout autrement, dans 24301 (pp. 550 *b*-560 *b*), et copiés à part dans 837. Dans Ars. 3516 (fol.

296 v° *c*) cette section est précédée d'une rubrique ainsi conçue : *Chi commence li ensegnement et honor as dames*. Début :

De contenance d'aler et de venir.

Cest livre petit priseront [1]
Dames s'amandées n'an sont.
Tuit et totes conmunemant
.I. beaul conmun ensoignemant
Orrez et se vos le volez
Retenir, toz jors en sarez
A Deu et au siegle plus chier....

Voici les autres rubriques de cette partie : *Ensoignemant de son soin* [2] (p. 10). — *Ensoignemanz de sa bouche.* — *Ensoignemanz de son regart* (p. 10 *b*). — *De vantance* (p. 11). — *De sa char mostrer.* — *Ensoignemanz de dons refuser* (p. 11 *b*). — *Chastiemanz de tancier* (p. 12). — *Chastiemanz de soiremant* (p. 12 *b*). — *Ensoignemanz de saluer et de soi desboichier* (p. 13 *a*). — *Ensoignement de covrir sa paule color et sa maule oudor* (p. 13 *b*). — *Comant l'on doit estre au mostier* (p. 14). — *Au lire l'avangile.* — *De la revenue du mostier* (p. 14 *b*). — *De chanter par raison* (p. 15). — *De tenir ses mains natemant.* — *Ensoignemant de estre au maingier* (p. 15 *b*). — *Deveemanz de mentir* (p. 16 *b*). — *Des dames que ne sevent escondire quant on les prie d'amors* (p. 16 *b*). Il y a dans ce chapitre une formule de salut d'amour. — *Li complainte des amanz* (p. 17 *b*). — *Li response contre l'amant* (p. 18). — Voici la fin de cette section qui manque dans le ms. fr. 2236. :

S'il vos ainme tant com il dist (*p.* 19)
Ne laira por nul escondit
Qu'il ne reviegne a sa proiere.
De totes genz est la meniere
Que plus se plaint destroitemant
Cil qui plus grant angoisse sent
Que ne fait cil qui trop se foint,
Car quant plus giele plus estroint. [3]

6. — Vient ensuite l'*Enseignement des princes* que nous retrouvons dans le ms. de l'Arsenal 3516, fol. 295 v° *a*, dans le ms. fr. 2236, fol. 10, et, avec une entrée en matière un peu différente, dans 24301, p. 487 *b*, mais qui manque dans le ms. 837 suivi par Méon :

---

1. Cf. Méon *Fabliaux*, II, 184, d'après le ms. fr. 837.

2. C'est-à-dire *sein;* c'est le passage sur l'origine et l'utilité des épingles, qui a été cité dans l'*Hist. litt.* XIX, 834, d'après Méon.

3. Cf. Méon, *Fabliaux*, II, 208, v. 749.

Ensoignemant des princes et d'autres genz communemant.

Des princes vos reconterai,
Et por ce que je lor dirai
Porront estre bien ensoigniez
Dames et clers et chevaliers. 1308
Vos qui chevalier avez non
Et de prouece volez renon (*sic*),
Gardez par faute de justise
Que vos ne perdez sainte Yglise. 1312
Se vos volez en bien durer
Pansez de sainte Englise amer.
Seveigne vos du roi Challon
Vers cui n'orent deffension 1316
Esclavons, Turs ne Sarrazin.
Mout an fist venir a declin.
Qui fut li rois Marsilions?
Qui fut Thiebauz li esclavons? 1320
Qui fut Heamonz et Agolans,
Et de Cordres li amirans?
Qui fut li fors rois Guiteclins (*p.* 19 *b*).
Cui li quars du mont fu enclins? 1324
Li bons rois toz ces desconfit
Au branc d'acier, et se comquit
Lors terres : por ce qu'il ama
Sainte Yglise Dex l'essauça.... 1328

Suit la description allégorique de l'armement du chevalier, sujet qui a été mainte fois traité au Moyen Age[1]. Cet « enseignement » se termine ainsi (cf. 2236, fol. 15 v° et 24301 p. 491 *a*) :

Les estriers n'i voil pas laissier (*p.* 23)
Que je n'an die mon samblant :
Il ont senefiance grant. 1588
Es estriers se doit effichier
Si fort c'on nu puist trabuchier
Ses adversaires au joster.
Ce nos puet par raison mostrer 1592
Droite creance et fine amor
De Jhesu Crist nostre Seignor.
Se nos l'amons amez serons
De lui ; se nos bien lo creons, 1596
Ne nos covenrai jai douter
Qu'enemis nos puist sormonter.
Dex estaubli por tel mestier
Les armes et le chevalier. 1600

7. — Suit, sous la rubrique *autre* (enseignement) *de derision*, un chapitre sur la médisance qui est placé beaucoup plus loin dans le ms. 24301 (p. 497 *b*). Il se trouve aussi dans fr. 2236 et dans Ars. 3516. En voici le début et la fin :

Un autre bel sans vos apraing, (*p.* 23)
Ne le tenez mie a desdoing.
Se vos le volez retenir
Honor vos an puet avenir : 1604

---

1. Voy. *Bulletin de la Société des anciens textes*, 1880, p. 59. Voir aussi la fin du *Chevalier au barisel*.

1305-10 manquent dans 2236 et dans Ars. 3516.

1590 *Sic*, corr. *que nel p.*

De vilain gas, de vilain dit
Vos gardez, car trop vaut petit.
. . . .
. . . .
Es granz seignors nonmeemant (*p.* 24)
Siet mesdire trop malemant.

8. — Chapitre sur l'envie qui, dans 24301 (pp. 493-7), est placé avant le précédent :

De envie ensoignemant. (p. 24).

Après, d'envie vos gardez,
Car c'est trop granz enfermetez.
Nuns tormanz, nule malaidie
Ne grieve tant con fait envie.
. . . .
. . . .
Humilitez est la douçor (*p.* 28)
De totes vertuz et la flor.
Beautez ne force ne richace
Ne herdemant, savoirs, largesce,
Ne vaillent une vert alie
S'orguil est en lor compaignie[1].
Por ce vos di : Gardez vos en ;
Ne pouez faire plus beaul sen.

9. — De trahison. L'auteur s'élève avec véhémence contre les serfs, et montre, par les exemples de Darius et d'Alexandre, combien il est dangereux de leur accorder sa confiance. Il avait probablement lu les exhortations d'Aristote à Alexandre dans l'*Alexandreis* de Gautier de Châtillon[2]. Même chapitre dans Ars. 3516, fol. 299 v° *b,* avec cette rubrique : *Coment princes de terre se doit maintenir*, et dans 24301 (pp. 498-506).

Por soi garder de trahison. (p. 28)

Après, .j. autre ensoignemant
Vos conterai certainnemant,
. . . .
Car plus chier tenuz en sarez

1. C'est la paraphrase des vers célèbres :

Si tibi copia, si sapientia formaque detur,
Sola superbia destruit omnia, si comitetur.

2. Voy. *Romania*, XV, 169, 170.

1979 Vers omis. Les six premiers vers manquent dans 2236 et 24301.

Se vos le volez retenir ;
Je le vos dirai sanz mentir :
Sor totes choses vos gardez
Que jai en serf ne vos fiez.

. . . .

. . . .

Bien cuideroit estre traïs (*p.* 30)
Droiz gentiz hons, s'ere repris
De vilonie ne provez ;
Muez ameroit estre afolez.

10. — Contre les « losenjors ». = 24301, p. 500-501 ; Ce morceau est divisé en deux dans Ars. 3516 ; on en trouve d'abord, au fol. 296 v° *b*, les trente premiers vers, et de plus quatre vers qui servent de transition pour passer à la section 5, puis, au fol. 299 v° *d*, vient la suite, précédée de quatre vers (2109-10, 2113-4 du ms. 5201) déjà transcrits au fol. 296.

Por soi garder de losangeors. (p. 30)

Après vos di que losenjors
N'aiez ja chiers ne traïtors.
Il n'est pires verins ou mont ;
C'est li serpanz qui tot confont

. . . .

. . . .

Nuns ne puet panser ne savoir (*p.* 31 *b*)
Qu'a besoing proudons puet valoir ;
Ne seroit pas sorachetez
Por tot l'or de .xv. citez.

11. — D'avarice. = 24301, pp. 501-505 *b*.

Por soi garder d'avarice. (p. 31 *b*)

Sor totes choses d'avarice
Vos gardez : trop i ai lait vice,
A riche home nonmeemant ;

. . . .

. . . .

Ja puis chevalier ne trovast (*p.* 36)
Que contre lui tesmoing portast,
Ainz estoit en autorité
Quanqu'il disoit par verité.

12. — De « souffrance », au sens de patience. = 24301 pp. 505 *b*.

De soffrance (p. 36).

Une chose mout vos chasti
Et por grant bien toz le vos di,
Qu'a Deu et au siegle sarez
Plus chiers se vos ce retenez
Et vos pansez dou retenir :
Aprenez que saichiez soffrir.
. . . .
. . . .
Por ce vos ai je dit et di (*p.* 38)
Que nuns savoirs, a la parsome,
Sanz soffrance ne vaut a l'ome.

13. — Chapitre sur l'amour, qui, dans notre ms., est présenté comme la conclusion de l'ouvrage. Il se retrouve, faisant suite à notre section 5, dans le ms. 24301, pp. 560 *b*-565 *b* :

En la fin de mon livre vuil
Parler d'amors ou derrain fuil.
Maintes gens parolent d'amors
Et se n'an sevent li plusors (*p.* 38 *b*)
Ce qu'est ne don ce puet venir ;
Mais s'aucuns amans par lesir
Vuet a ces noveaus vers entandre,
Quan qu'est d'amors i puet aprendre.
Robers de Blois i' fist escrire
Ce qu'il i pot panser ne dire.

C'est d'amors.

Or oez don apertemant
D'amors tot le conmancemant....

Ce traité d'amour, qu'on peut lire dans Méon, *Fabliaux*, II, 218 et suiv., d'après le ms. fr. 837, se termine ainsi avec un chapitre où l'auteur développe cette pensée que les deux plus grandes courtoisies du monde consistent à aimer et à donner :

Vers toz autres se doit celer (*p.* 43)
Amans a covrir son panser.
Qui bien le çoile muez en vaut,
Mais de ce gaires ne me chaut.
Cui amors vuet bien entreprandre
Il n'ai pooir de soi desfandre.
Or amoit qui amer voudrai,
Car de beauté vos conterai.

2543 Corr. *D'une*. — 2548 *Aprenez* d'après 24301 ; Ars. 5201 *aprantes*. — 2727 Ici comme au commencement, le ms. 2236 (fol. 38 v°) porte *Herbert*. — 3150 *a* pour *et*, leçon des autres mss. — 3151-6 manquent dans le ms. 2236 ; la leçon de 24301 est tout autre. — 3155 *amoit* au subj. présent.

14. — Ensuite commence le roman de Lyriope, qui manque dans le ms. 2236, mais se trouve dans le ms. 24301, p. 527 à 550 *b*.

C'est li romanz de Flori et de Florie et de Lyriope s'amie.

Or m'estuet de beauté perler,
Que blasmer le vuil et louer.
De l'un et de l'autre dirai
Raison selonc ce que je sai.
L'orgoil voil je, sanz espernier,
Formant blasmer por chestier;
Mais a totes les dames pri (*p.* 43 *b*)
Ençoiz, et je por bien lor di,
Que ne se vuillent corrocier....

Le poème se termine ainsi :

Se cui que soit o lui eüst (*p.* 66 *b*)
Sa mort tost bestorner peüst,
C'un petit de confortemant
Vaut mout a mainte gent sovant; (*p.* 67)
Nomeemant a ces qui sont
Sospris d'amors; sor toz cil ont
De lor delour grant medicine
En ces qui sevent lor covine.
Dolanz peres, chaitive mere,
Con ceste mort vos iert amere!
Après ce que sa mort savrez
A nul jor mais joie n'avrez.
Mors est; c'est duelz! avoc sa vie
Est vostre joie desfenie.
Hé! orgoil, honis soies tu,
Tant mal sont par toi avenu!

15. — Vient ensuite un nouveau poème qui, de même que le précédent, manque dans le n° 2236. Il y est traité de la création du monde, de la formation d'Adam et d'Eve, et de leur expulsion du paradis. Les derniers mots semblent indiquer que cet opuscule n'est pas tiré directement de la Genèse, mais qu'il a été versifié d'après quelque opuscule latin s'arrêtant au même endroit. Le même poème se retrouve dans le ms. 24301 pp. 520 *b*-525 *b*.

C'est li formemanz du monde et de Adam et d'Eve. (p. 67)

Que que soit de l'encomancier,
Bone fins fait mout a prisier;
Car po vaut bons conmancemanz
Se bons n'est li definemanz.
Certains en suis, de riens n'en dot,
Que la bone fins perfait tot.
Por ce pri je nostre Seignor,
Par sa pidié, par sa douçor,
Me doint, et par sa grant bonté
Cest livre fenir a son gré.
C'ui mais parole ne raison
Ne dirai je, se de lui non.
Tant le pris, tant l'ain de cuer fin
Que de lui vuil faire la fin.

Des .iiij. elemanz.

Quant Dex ot le monde formé,
Les .iiij. elemanz ordené,
Chescuns par soi, si con il sont,
Et por ce que mainte gent n'ont (*b*)
Apris que soient elemant,
Lor voil je dire ici briemant :
Ce est li ars, ce est la terre,
L'aigue et li feus : soz une serre
De tenabres furent serré,
Sanz faire fruit et sanz clarté.
....

Fin. C'est un ange qui parle à Adam et à Eve après leur expulsion du paradis :

« Reclamez Deu et nuit et jor (*p.* 73)
« De cuer dolant le creator.
« Creez que merci ne faut mie,
« Qui c'unques de bon cuer le prie.
« La mort du juste est preciouse
« Devant Deu et mout saverouse,
« Qui muert o tote sa bonté. »
Quant li anges ot ce conté,
S'en vai; cil virent en apert
Encontre lui le ciel overt.
Orandroit plus n'an conterai,
Car en cest livre plus n'an ai.

16. — La série des poèmes de Robert de Blois se clot enfin par diverses compositions religieuses que je réunis sous un seul numéro, encore qu'il soit permis d'y voir des pièces isolées. Nous retrouvons cette série de morceaux au fol. 46 du ms. 2236, où elle fait suite à notre treizième section et en deux endroits du ms. 24301, aux pages 484-7 et 508-519. Les rubriques (qui manquent dans les deux mss. précités) donneront une idée des sujets traités. *De la trinité* (p. 73 *b*, cf. 24301, p. 484 *b*). — *Or s'acuisse li maistres qui ce fit* (p. 75 *b*; cf. 24301, p. 508). — *De l'arme et du cors* (p. 77; cf. 24301, p. 509 *b*). C'est un débat de l'âme et du corps. — *Des bones armes qui revenront es cors* (p. 78; cf. 24301, p. 510 *b*). L'auteur donne en ce chapitre la traduction de l'épitaphe d'un évêque Jehan, qui n'est pas autrement désigné. — *Du roi mis par usage en une cité* (p. 79 *b*; cf. 24301, p. 512 *b*). C'est l'histoire du roi annuel de Barlaam et Josaphat; cf. la version de Gui de Cambrai, p. 80; *Romania*, I, 425; *Gesta Romanorum*, éd. Œsterley, n°s 74 et 224. — *Des trois choses qui doivent estre en confession* (p. 83 *b*; cf. 24301, p. 516 *b*). — *De repentance* (p. 84 *b*; cf. 24301, p. 517 *b*). — *De floibles natures* (p. 87 cf. 24301, p. 519 *b*). Voici les premiers et les derniers vers :

5372 Le poème se termine un peu autrement dans 24301 (p. 526 *b*) :

Quant li aingles out ce contei,
C'en vat, cil virent en apert
Encontre lui le ciel overt.
Lors sorent il bien sanz doutance
Que ce fut devine poissance.
S'en demenerent grant dolor (*p.* 527)
Por lor forfait, por lor error.
Mais Deus pardone pitousement
Qant il voit bon repentement.

De la trinité (p. 73 *b*)[1]

Après vuil faire mon retor
A Jhesu Crist nostre seignor;
Por mon romant essavorer
Voil en la fin de lui perler,
C'on dit : Au derrain le moillor.
Lui doit chescuns et nuit et jor
De fin cuer amer et servir,
Qu'il puet toz servises merir.
Il est commancemanz et fins
De toz biens; tous li parchemins
Qui soit ne porroit [pas] soffire
A sa grant hautesce descrire.
Suens est quanqu'est et sus et jus,
En lui sont totes les vertus.
Beautez, savoir, force, richesce,
Honors, pidiez, douçors, largesce,
De lui vient tot et de lui muet,
Sanz lui nuns biens estre ne puet.

Fin (p. 87) :

Des floibles[2] *natures.*

Or entandez coment ce soit :
Li uns son[t] chaut, li autre froit
De nos; tex est par aventure
Si floibles ou de tel nature
Qu'il ne se puet pas bien tenir
De luxure, ou ne puet soffrir
Grief penitance ne juener.
Tel pechiez sot Dex pardoner,
Lors que li pechierres se tient
Et a confession an vient.
C'est pechiez ou pere, par voir,
Quant on pechie par non pooir.
Un autre sont si non saichant
Qu'il ne sevent confaitemant
Ne con grief sont li lor pechié,
Que, s'il savoient lor meschié,
Mout volontiers s'an garderoient,
Que jemais pechié ne faroient;
Muez ameroient estre afolez.
Et cil pechiez est appelez
Pechiez ou fil, par non savoir;
S'an puet on bien merci avoir.
Mais ou saint Esperit pechier
Ne puet nuns bienfaiz esligier :
Aumosnes, juenes, orisons
Ne vaillent pas .ij. vers botons.
C'est pechier par desesparance,
Et cil n'ai pas droite creance
A cui ceste creance faut.
Nule bone ovre ne lor vaut.
Avoc Cayn est jai dampnez
Qui c'unques est desesparez.
Or ne remaint il s'en nos non :
Quant on puet par confession
Venir a Dieu si plainnemant,
Bien est chaitis qui trop atant.
Or nos don Dex confession,
De nos pechiez verai pardon,

1. Ce morceau (environ 150 vers) offre un début différent dans 24301 :

Deus est sires, rois toz poissans,
Et li siens pooirs est si grans
Qu'a nul jor mais fin ne prendra. (*p.* 485)
Toz jors ait duré et durra,
Sien est quant qu'est, et sus et jus,
En lui sont totes les vertus :
Biantez, savoir, force, richece,
Honors, purtez, douçors, largesse,
De lui vient tot et de lui muet
Sans lui nuns biens estre ne puet.
Il est comencements et fins
De toz biens....

2. Il y a *flailles*.

5381 Le ms. 2236 a une leçon peut-être meilleure : *C'on boit au derrain du meillor*. — 5386 *tous*, d'après 2236; Ars. *fonz*. – 6400 D'après 2236; Ars. *Q. ou pechié*.

Si qu'en la fin em paradis
Puissons estre trestuit essis, 6428
Car pou vaut bon conmancemanz
Se bons n'est li definemanz.

Pour résumer ce laborieux exposé, je joins ici un tableau de concordance dont l'objet est d'indiquer à quelle place se trouve dans les mss. chacun des poèmes de Robert de Blois que renferme le ms. 5201 de l'Arsenal[1]. Le lecteur reconnaîtra au premier coup d'œil que les mss. offrent trois classements bien distincts : 1° Arsenal 5201 et B. N. 2236; 2° B. N. 24301 ; 3° Ars. 3516. Il paraît bien certain que ces classements, ou au moins deux d'entre eux, le premier et le second, ne sont pas dus à la fantaisie des copistes, mais qu'ils ont pour auteur Robert de Blois lui-même qui nous a présenté son œuvre en deux ou même trois états très différents. Je ne me hasarde pas à décider lequel de ces états est le plus récent. Peut-être est-ce celui que nous offrent les mss. Ars. 5201 et B. N. 2236. Le début *Robers de Blois, qui ot laissié | Le rimer, l'a recomancié*, semble indiquer une dernière mise en œuvre. A la vérité le ms. 24301 est plus copieux que les autres. Il renferme quelques morceaux qu'on ne trouve point ailleurs. Mais peut-être Robert les a-t-il rejetés de propos délibéré. Je n'insiste pas : la décision doit-être réservée au futur éditeur de cette collection de poèmes, tous si curieux pour l'histoire des mœurs et de la courtoisie au XIIIe siècle[2].

6428 *essis*, pour *assis*. — 6429-30 Cf. plus haut, v. 4919-20, les mêmes vers. Le ms. 2236 a environ 150 vers de plus :

Bien est chetis qui tant atent (*fol.* 67 v°)
Et las! de celx molt en y a
Li deable .iiij. frains a
Par quoy les pech[e]ours retroit (*sic*) :
A confession venir ne les loit (*sic*).
Li hom qui sor le cheval chiet
Au frain le torne ou que qu'il siet :
Se il veult il le fait reculer,
A destre ou a senestre aler,
Aussi fait le deable nous.
Les .iiij. frains vous diroy tous.
De l'un avrons nons dit assés,
Desesperance est appelés.....

Le poème se termine enfin par une invocation à la Vierge :

Doulce dame sainte Marie, (*fol.* 68 v°)
Vroy confort et loial amie,
Conseil a tous desconseillés,
De ciel et de terre royne,
A tous deshetiés medecine,
Amors, doulçors, foy et pitiés.
Tu es fin de notre tristece
Et conmancement de leece,
Fontaine de misericorde
De qui nuls biens ne se descorde....

1. Je n'ai pas introduit dans ce tableau le ms. Cottonien qui ne contient qu'une partie de la section 3.

2. Le ms. 2236 n'a qu'une colonne par page; il est cité par feuillet, recto et verso. Le ms. 24301 est à deux colonnes; comme il est paginé (et non *folioté*), je le cite par pages, indiquant les deux colonnes par *a b*. Le ms. Ars. 3516 a quatre colonnes à la page; je le cite par feuillet, recto et verso, les lettres *a b c d* désignant les quatre colonnes de chaque page.

Ars. 5201.	B. N. 2236.	B. N. 24301.	Ars. 3516.	B. N. 837.
1. Prologue.	Fol. 1-2.	P. 475^a-476^b.	»	»
2. Dédicace.	Fol. 2-7.	P. 476^b-478^a.	Fol. 295 r° ^{a}. (vv. 284-314).	»
3. L'honneur des dames.	Fol. 7-10.	P. 491^a-493^a.	Fol. 295 r° ^{bcd}.	»
4. Eloge d'une dame.	»	»	»	»
5. Enseignement des dames.	»	P. 550^b-560^b.	Fol. 296 v° ^{c}-298 v° ^{b}.	Fol 129^d-133^c.
6. Enseignement des princes.	Fol. 10-16.	P. 487^b-491^a.	Fol. 295 v° ^{a}-296 r° ^{b}.	»
7. De médisance.	Fol. 16-17.	P. 497^b-498^a.	Fol. 296 r° ^{bc}.	»
8. D'envie.	Fol. 17 v°-23.	P. 493^a-497^a.	Fol. 296 r° ^{d}-v° ^{b}.	»
9. De trahison.	Fol. 23-25 v°.	P. 498^a-500^a.	Fol. 299 v° ^{bcd}.	»
10. Contre les « losenjors. »	Fol. 26-28.	P. 500^a-501^a.	Fol. 296 v° ^{b}- et 299 v° ^{d}-300 r° ^{b}.	»
11. D'avarice.	Fol. 28-35.	P. 501^a-505^b.	Fol. 300 r° ^{b}-v° ^{d} [1].	»
12. De souffrance.	Fol. 35-39 v°.	P. 505^b-508^b.	»	»
13. D'amour.	Fol. 39 v°-46.	P. 560^b-565^b.	Fol. 298 v° ^{b}-299 v° ^{b}.	Fol. 133^c-135^b.
14. Lyriope.	»	P. 527^a-550^b.	»	»
15. Création du monde.	»	P. 520^b-525^b.	»	»
16. Suite de poèmes religieux.	Fol. 46-67 v°.	P. 484^a-487^b. P. 508^a-519^b.	»	»

1. Les derniers vers du fol. 300 sont ceux-ci :

D'altre part ricement seoit,
Avoec lui ses privés amis.
Plus haltement ne fu servis
Ne quens ne dus ne rois poisans,
Ne princes, tant fust sires grans.
Mout fist que gentils hons li rois
Q'il commanda servir anchois.

Ces vers se retrouvent p. 35 *b* du ms. 5201. Le fol. 301, qui devait contenir la fin de la section 11 et peut-être la section 13, a été coupé.

II.

Histoire de Jésus-Christ et de la Vierge Marie.

Je groupe sous ce titre une suite de poèmes originairement distincts, qui ont été ajoutés les uns aux autres de manière à embrasser la vie entière de Jésus et l'histoire de la Vierge depuis son mariage jusqu'à son assomption. Ces poèmes, où des éléments empruntés aux légendes apocryphes sont combinés avec ceux que fournissent les évangiles canoniques, se rencontrent en de nombreux mss. soit isolés, soit associés diversement. Les copies qu'on possède offrent, par places, des rédactions totalement différentes. Il reste à faire sur cet ensemble si compliqué un travail de classement qui, jusqu'à présent, n'a pas même été commencé[1]. Je n'ai pas l'intention de l'entreprendre à propos du ms. de l'Arsenal 5201. Je me propose simplement de distinguer les poèmes relatifs à Jésus et à la Vierge que contient ce ms. et d'indiquer avec précision, mais sommairement, les autres textes qu'on possède, ou du moins que je connais, de chacun de ces ouvrages. Il est bien entendu que, pour ces derniers, mes notices sont incomplètes. Ils ne sont cités que pour les rapports qu'ils offrent avec le ms. de l'Arsenal.

1. — Histoire de J.-C. jusqu'à la résurrection de Lazare. Ce morceau offre en partie la même rédaction qu'un poème sur le même sujet dont on possède plusieurs copies[2], dont

---

1. On ne peut, en effet, tenir compte des publications de MM. Reinsch (*Die Pseudo-Evangelien von Jesu und Maria's Kindheit* (Halle, 1879) et Bonnard (*Les traductions de la Bible au moyen-âge*, Paris, 1884), où abondent les erreurs et les confusions de tout genre.

2. GRENOBLE, 1137, fol. 14 v°.

MONTPELLIER, Bibl. de la Faculté de médecine, 350, fol. 13 v°.

PARIS, Bibl. nat. fr. 1533, fol. 2 *c*. Des extraits de cette leçon ont été publiés par M. Reinsch, *Die Pseudo-Evangelien*, p. 43 et suiv.

— — 1768, fol. 103.

— — 2815, fol. 199 *c*.

RENNES, 147, dixième article du ms.; voy. Mallet, *Description, notice et*

l'une, celle de Montpellier, a été récemment éditée par M. Chabaneau[1]. Toutes ces copies offrent un prologue (inc. *Qui Dieu aime parfitement | Et sa douce mere ensement*) entièrement différent de celui qu'on trouve dans le ms. de l'Arsenal 5201. Ordinairement le poème fait suite à la légende de saint Fanuel. C'est le cas du ms. de Montpellier publié par M. Chabaneau. La légende de saint Fanuel occupe les vers 1 à 850 de l'édition, et le poème sur Jésus-Christ les vers 851 à 2864[2]. Même disposition dans le ms. de Grenoble et dans les mss. de Paris 1533, 1768, 2815, tandis que, dans le ms. de Rennes, le poème vient après l'*Image du monde*, ouvrage auquel il ne se rattache en aucune façon.

Le texte du ms. de l'Arsenal commence ainsi :

Ci comance li romanz de l'annunciacion Nostre Dame Virge Marie, et de la naissance Nostre Seignor Jhesu Crist. (p. 87 *b*).

Or escoutez, por Deu amour,
La parole nostre Seignour ;
Et icil qui bien l'entendra
La beneïçon Deu avra.
Seignor, il fait bon arester
La ou on ot de Deu perler,
Que sa parole est pasture
De l'arme que tot adès dure,
Que, se li chars ai ses deliz,
Don n'est a l'arme nuns profiz.
Or vos dirai selon l'escrit
De Deu lo pere Jhesu Crist,
Et si orrez per verité
Conmant Dex prist carnalité
En la Virge sainte Marie
Por nos geter de maule vie.
La Virge estoit a icest tans
Ou Temple, n'avoit que. xiij. ans ; (*p.* 88)
Sor son genoil tint son sautier,
Deu comançai a deprier,
Li ciel partit ; li ciel ovrit,
Sainz Gabriel en descendit.
Ou Temple grant clarté geta
Et cest salut li aporta ;
Se li dist : « Deu te saut, Marie,
« De la Deu grace raemplie,
« E tu soies bien aürée,
« Sor totes fomes honorée,

---

extraits des mss. de la Bibliothèque publique de Rennes (Rennes, 1837, in-8°), p. 122.

Il est à noter aussi que le *Mariage Notre-Dame*, copié au commencement du ms. de la Bibl. nat. fr. 409, a emprunté des morceaux considérables à notre poème. C'est ce dont on pourra se convaincre, pour peu qu'on rapproche les morceaux du *Mariage* publiés par M. Reinsch, pp. 83, 84, 85 de l'opuscule précité, avec les extraits de la vie de J.-C. (ms. 1553), *ibid.* pp. 46 et 47.

1. *Revue des langues romanes*, 3, XIV, 178 et suiv.

2. En réalité, dans ce ms. il se poursuit bien plus loin voir ci-après p. 48, mais, en certains mss. le poème s'arrête à cet endroit et est suivi d'un poème originairement distinct, sur la passion.

« Et li tiens fruz soit benoïz ; »
« Ensemble toi est Jhesu Criz. »
La Virge ot mout grant paor
Quant ele vit la grant luor
Que li sainz anges li geta
Qui lo salut li aporta
Que onques mais fait ne li fu ;
....

Notre ms. rejoint les autres textes à partir du v. 19, qui correspond au v. 875 de l'édition de M. Chabaneau (ms. de Montpellier). L'accord se poursuit, sauf de nombreuses variantes, jusqu'à la naissance de Jésus. Dès lors (v. 1397 de l'édition) les deux textes divergent :

Arsenal, p. 92.	Montpellier.
Or vos dirai voir sanz faillance,	*Après vos dirai sanz faillance,*
.VII. mois après cele naissance	*.VI. jors après cele naissance*
Que sainz Jehanz li bers nasquit,	*Que S. Jehan le ber nasquit,*
Si con l'escripture le dit,	*Si com trovomes en escrit,*
Vint Jhesu Criz a naissemant.	*En Jerusalem un roi avoit*
Après ne demora granmant	*Qui la contrée maintenoit.*
Que .j. rois qu'adonc estoit sire	*Il dit qu'il veut sa cort tenir,*
Ai mandé o lui son empire.	*Por demander et por oïr*
Toz les Juif (*sic*) de cele loi	*Les lois qu'en lor païs avoient,*
Fait li rois venir devant soi.	*Et comment les citez tenoient.*
Partot ai fait son banc (*sic*) crier	*Il fist venir tote sa gent*
Que nuns n'i o[s]t jai demorer.	*En la cité de Belleem.*
Joseph i va ; n'atarde mie,	*Partout ala la renomée.*
Ensamble o lui sainte Marie ;	*Joseph a dit a s'espousée :*
En Beleam an sont venu...	*« Li rois a fet mander sa gent*
	« Que tuit voisent au parlement...

De temps à autre cependant les deux textes ont quelques vers en commun. L'ouvrage s'arrête à l'entrée de Jésus dans Jérusalem. Voici les derniers vers :

Atant Dex en la vile entra,
En Jherusalem s'an ala ;
En l'ostel Symon lo leprous
Fu abargiez, non pas toz sous :
O lui sui apostre estoient
Et li autre qui Deu servoient.
S'i fut Ladres, sa suer Marie, (*p.* 106*b*)
Mout i ot bale compaignie.
Et nostre Sire ou tample ala
Es Juef (*sic*) sovant sarmona
De la loi et de l'escripture,
Mais li felon n'an orent cure,
Et dient li .j. en requoi :
« Cist hons destruira nostre loi.
« Se il vit auques longuemant,
« Tote convertira la gent.
« Or nos covient a porpanser
« Con lo porrons a mort livrer. »
Ensi li mal Juef disoient,
Que Jhesu Crist formant cremoient.

1383 Même vers dans Montpellier (v. 2859). — 1388 Même vers dans Montpellier (v. 2862).

Après orrez la grant dolor
Que il firent au Creator,
Et comant il lo traïssarent
Et comant en croiz lo pandarent
A grant tort et a grant meschief
Et tot ce fut por nos pechief[1].

2. — La Passion. Ce poème se rencontre encore dans les mss. ci-après indiqués, qui offrent des différences très considérables.

CAMBRIDGE, Tr. coll., O, 2, 14, fol. 13.
GRENOBLE, 1137, fol. 73.
LYON, Bibl. municip., n° 645[2], fol. 1.
PARIS, Arsenal 3527 (anc. B. L. fr. 325), fol. 182.
— — 5204 (anc. B. L. fr. 288), fol. 17 v° *b*.
— Bibl. nat. fr. 1526, fol. 84 *b*[3].
— Bibl. nat. fr. 1822, fol. 185. Cette leçon se termine ainsi :

Or s'en vont le chemin errant
Et Dameldeu molt reclamant,
Qu'il ait de lor pechiés merci
Issi com il est surrexi. *Amen*.

Dans le ms. 24301, où le récit de la passion occupe les pages 265 à 298, ces vers se trouvent à la p. 293 *b*.

PARIS, Bibl. nat. fr. 20040, fol. 105. Ce ms. et le suivant, bien que n'étant pas copiés l'un sur l'autre ni d'après le même original, car ils diffèrent souvent, offrent une particularité notable : c'est que notre poème y est précédé du prologue qu'on trouve en tête des *Quinze signes* dans plusieurs mss. : *Oès trestuit communement | Dont nostre sire nous reprent*[4]. Puis, à la suite du poème de la passion, vient le texte des *Quinze signes* commençant, comme beau-

1. Il est superflu de faire remarquer que ces quatre derniers vers sont l'œuvre d'un copiste qui ne savait guère le français.

2. C'est le n° du catalogue Delandine, qui a été repris récemment ; ce ms. portait naguère le n° 584 ; voy. ce que j'en dis. *Romania*, IX, 162.

3. Ce ms. contient la compilation en sept livres de Geoffroi de Paris intitulée « Bible des .vij. estaz du monde. » La *Passion* fait partie du second livre. Par une erreur de reliure le cahier *vij* (ff. 94 à 101) a été placé entre les cahiers xiij et xiiij. Par suite il faut passer du fol. 45 au fol. 94, du fol. 101 au fol. 46 et du fol. 93 au fol. 102.

4. J'ai indiqué les mss. qui ont ce prologue dans la *Romania*, VI, 24-5.

coup d'exemplaires de cet opuscule [1], au vers *Se ne vous cuidasse anuier*.

PARIS, Bibl. nat. fr., 24301, p. 265.
VIENNE, Bibl. imp. et roy. 3430, fol. 112.

Ce poème de la passion est à première vue distinct du récit qui, dans le ms. de Montpellier publié par M. Chabaneau, occupe les vers 2865 à 3867. Toutefois, ce dernier texte a un certain nombre de vers en commun avec le nôtre et pourrait bien en être une sorte de remaniement.

Ci comancent les passions[2] (p. 106 *b*)
Du roi Jhesu qui orissons
Fist son pere por ses amis.

Oez moi trestuit doucemant ;
Gardez que n'i ait parlement.
La passion Deu entandez
Comant il fu por nos penez.
Ne la puet oïr creature
Qu'il n'ait dolor, tant par fut dure,
Por tant qu'il ait entandemant
Au roi du ciel omnipotant.
La lettre voire vos oïtes
Que reconte li avangiles, (*p.* 107)
Mais ne seütes que monta.
Se bien vos plait, vos orrez ja
Et le vos dirai mout briemant,
Se li escripture n'an mant.
La feste es Juef (*sic*) a briez mot,
Nos dit li livres mot a mot,
Que Pasques estoit apelée,
Sor tote riens estoit gardée.
Et li prince de cele loi
N'orent cure du noveal roi ;
Et li provoire et tuit li maistre
Consoil quierent qu'il poront faire,
Comant porroient Jhesu prandre,
Et par boisdie en la croiz pandre.
Chiés l'avesque sont essamblez
Qui Cayphas est apelez.
Illuc ont lo consoil tenu.
La parole fu de Jhesu,
Confaitemant lo traïront
Por les turbes qu'i. criement mout ;
Et disoient priveemant :
« Laissons aler tote la gent
« Qui sont venu a ceste feste ;
« Tost i avroit mout grant moleste.
« Est bien ainsi ? que vos en samble ? »
Il le creantent tuit ensamble.
Sis jors ainzçois que Pasques fuit
Est Deu de Bretaigne venuz,

1. Voy. *Romania*, *l. c.* et VIII, 313.
2. Il devait y avoir dans l'original *ci comance li passions* Le rubricateur cherche à faire des vers.

10 *Que conta li evangelistes* ms. 20040. — 15 Il faut corriger *aprismot*, qui est la leçon la plus ordinaire ; *aprechot* dans le ms. de Grenoble. — 29-30 Il faut :.... *traïroient* | *P. l. t. que il cremoient*. — 38 *Sic* pour *Betaigne*, Bethanie.

La ou il de pitié plorai
Quant Lazaron resuscitai,
A l'ostel Symon lo leprous.
Saichiez qu'il ne fu mie sous :
Des desiples i ot essez;
Judas n'i fu pas obliez.
Illuc firent mout grant maingier.
Martre fu a l'aparoillier,
Lazaron et sa suer Marie ; (*b*)
Molt i ot bele compaignie,
Quant a la cene sont essis.
Judas i fut, li henemis ;
Et Damedex trestoz nu piez ;
A Marie am prit grant pidiez,
Car mout les avoit desrrevez ;
Mais ce façoit humilitez ;
Ainsi nos voloit il mostrer
Con nos davons a lui aler.
Eu Jherusalem, ce dist l'escriz,
Ot adonc une pecheriz,
La Magdeloigne avoit [a] non ;
Molt estoit de bale façon,
Mais molt avoit formant pechié
Vers Damedeu et corrocié ;
Or s'est la bale porpansée
Comant a Deu soit racordée,
Confaitemant avrai laissance
De ses pechiez dont ai pessance,
Car en son cuer li est avis,
Fiz est au roi de Paradis
Qui descendit du ciel por nos
Et por nostre veras secors.
Oez de la bieneürée
Comant ele s'est porpansée.
Elle achetai .j. oignemant,
Une livre tot empressant ;
Mout estoit et riches et bons ;
Porpansai soi qu'a genoillons
Les piez au Savor en oingdroit,
Savoir vuet se merci avroit.......

Le ms. de l'Arsenal indique la fin du poème au crucifiement, à un passage dans lequel l'auteur fait usage du traité apocryphe sur le bois de la croix[1]. Mais bien que le récit du crucifiement qui suit commence par une grande capitale historiée, je suis persuadé que cette division est due au copiste, et que le poème de la Passion se poursuit jusqu'à l'Ascension. Je vais donner le passage où le copiste a marqué la division dont je conteste l'opportunité. Il se trouve que les vers que je vais transcrire ont été publiés par M. Mussafia[2], d'après le ms. de Vienne,

57-60 Ces quatre vers se retrouvent dans le ms. de Montpellier, éd. Chabaneau, vv. 2865-8. — 65 Mieux dans Grenoble : *Si que puist avoir alejance.* — 70-3 Cf. Montpellier, 2879-82 :

Or oez de la pecherise
Comme ele s'est trés bien porquise :
Ele acheta un oiguement
Qui miex valoit c'or ne argent.

— 74 Les autres mss. ont *t. egalment* ou *t. ovelment.*

1. Voyez sur cette légende *Romania*, XV, 326.

2. Comptes rendus de l'Académie de Vienne, classe de philosophie et d'histoire, LXIII, 212-3. Ce sont les vers 1307-40 du morceau ci-après transcrit. Même rédaction dans B. N. 1526, fol. 104 *a*; 1822, fol. 191 *b*; 20040, fol. 113 *b*; 24301, p. 282 *c*; Ars. 3527, fol. 189 *b*; 5204, fol, 22 r°, col. 3 ; Grenoble, fol. 97 v°.

mentionné ci-dessus (p. 48), ce qui fournira un utile élément de comparaison. Pilate livre Jésus aux Juifs :

A icest mot lor ai livré
Jhesu lo roi de maïsté.
Se comande qu'en croiz soit mis
Jhesus li rois de paradis.
La porpre li ont retolue,
Sa corone li ont vestue.
« Sire, » font il, « fust ou prandrons
« Doñ nos la soie croiz façons ?
« Jai de bele ovre ne iert faite,
« Mais cele viez planche soit traite
« De cel ruisel que lai porrist.
« Mout ai grant tans que l'on l'i mist.
« De tot en tot lo honissons
« De quanque faire li puissons. »
La planche traient du boier,
En doues moitiés la font sier,
Puis lai font en crois envoier. (*p.* 124 *b*)
Il n'i mandarent bon ovrier.
Icil fuz fu illueques pris ;
Aportez fu de paradis ;
Li fiz Adam l'an aporta ;
Li sainz anges lo li bailla
Qui tient la flamboiant espée ;
De paradis garde l'antrée.
Ce fu li fuz on cruit la pome
Qui mist a mort le premier home.
L'on dit de fi cyprès a non ;
Tranchier lo fist danz Salemon.
Ses leus ne pot estre trovez,
Ou il fust mis ne aluez,
Ne fut trop granz ou trop petis,
Ne fut essis mout a envis.
Il atandoit la grant honor
De Jhesu Crit nostre Seignor.
Par mautalant li charpantier
Le getarent anz ou boier.
« Muez vuez tu porrir, » font il, « ci
« Que estre ou tample Domini.
« Fuz reprochiez aies tu non,
« Jai n'iert mais jor ne te haïson ! »
Une dame vint en la vile,
Si con li escriz lo devise ;
Par la planche n'osa passer,
Car trop cremoit l'aigue trobler ;
Aval s'an vai loing du planchier ;
Bien s'aperçoit, tant par fut chier,
Que la char Deu i seroit, lasse !
Encliné l'a, aval s'an passe.
Grant estoire seroit a dire
Qui de cest fust voudroit descrire
Comant il fut premiers nonmez
Et por l'ange proficiez.

Suit une rubrique : *Quant* (corr. *comant ?*) *li croiz fu faite*, et le texte reprend au feuillet suivant, avec une grande capitale historiée[1] :

Or parlerons de la dolor (*p.* 125)
Que Jhesu Criz por nostre amor
Ot en la croiz a mout grant tort,
Quant il soffrit por nos la mort.

---

1. 1526, fol. 105 *b ;* 1822, fol. 191 *c ;* 20040, fol. 113 ; 24301, p. 283 *a ;* Ars. 3527, fol. 189 *d ;* 5204, fol. 22 v°, col. 1.

Le ms. de Grenoble a ici une lacune d'un feuillet, entre les ff. 98 et 99, et le texte, à partir du fol. 99, est, en général, fort différent de celui de l'Arsenal, bien qu'il y ait de temps à autre quelques vers communs aux deux rédactions.

Quant li Juef ont la croiz faite
Qu'il avoient du fainget traite,
N'i ai celui porter la doint,
Ainz dit chescuns : « A moi que tient
« Que li face tant de servise? »
Desus lo col Jhesu l'ont mise.
« Très bien est droit que cil la port
« Qui desore recevra mort.
« Avez vos les clos aportez?
« — Neni, » font il, « au fevre alez. »
A la forge vindrent tot droit.
Quant li fevres venir les voit,
Ses mains repost, ce m'est avis;
Ne ferai riens, si s'est assis...

Le poème se termine ou, si l'on veut, se terminait primitivement au passage que je vais transcrire, qui complète le récit, puisque la résurrection du Sauveur et son ascension y sont brièvement racontées. D'ailleurs les deux derniers vers : *Qui vit et regne et regnera In seculorum secula,* sont un véritable explicit. Ajoutons enfin que quelques leçons, et par exemple celle du ms. de Trinity College, se terminent à cet endroit.

Or vos ai dit les granz dolors (*p.* 130 *b*)
Que Dex soffrit en croiz por nos;
Or gardez que vos lui farois.
Quant vos au jugemant vanrois,
Faites tant que ne soiez mis
En enfer ou les henemis.

Quant Dex fu en la croiz penez
Et ou sepulcre repossez
Droit au tier jor resuccita.
Tantost en enfer s'an ala;
D'enfer brisa la sarreüre
Et rompit tote l'encloeüre
Por les siens amis delivrer
Et de la dedanz fors geter.
D'enfer getai sa compaignie
Que por deauble estoit ravie,
Et les conduit avoc son pere
En sa gloire la ou il ere.
A ses apostres aparut,
.XL. jors avoc aus fut,
Mostra lor la novele loi,
Puis les baisa chascun en foi.
Ensi nos puisse il sauver
Et en sa gloire ou lui mener,
Qui vit et regne et regnera
In seculorum secula. Amen [1].

3. — Histoire de Jésus depuis sa descente aux enfers jusqu'à son Ascension. Il est visible que le poème suivant, rédigé en partie d'après l'évangile de Nicodème, est originairement distinct du précédent, puisqu'il reprend au début la matière traitée à la fin de celui-ci. Dans les mss. il est ordinairement fondu avec le précédent, de sorte que la suture se reconnaît

1346 La bonne leçon est *faingier* ou *fangier* (voy. le dictionnaire de M. Godefroy à ce mot); *laier* dans le ms. 24301.

1. C'est, avec de notables variantes, la leçon d'Ars., 3527, fol. 191 *d*.

difficilement[1]. Le commencement du présent morceau diffère très notablement de la partie correspondante du ms. de Montpellier, bien qu'il y ait çà et là quelques vers identiques, mais après le v. 68, les deux textes tendent à se rejoindre. La même rédaction a été introduite dans certaines copies de la *Conception* de Wace.

C'est li parole que dit a la porte d'enfer.

Or entendez selon l'escrit
Que nostre Sires Dex ai dit
Quant en enfer fu droiz venuz :
Devant la porte s'est restuz. (*p.* 131)
Devant la porte s'est restez :
A haute voiz s'est escriez :
« Ovrez, » dist il, « mauvaise gent;
« Hui en cest jor saroiz dolant.
« En cest jor iert enfers brisiez;
« De mes amis iert despoilliez;
« De mon sanc les ai rachetez.
« Issez çai fors! plus n'i estez!
« Desirez vos ai longuemant.
« Issez de l'infernaul tormant! »
Adanz oï la voiz Jhesu,
Saichiez que paor ai eü,
Et tuit li autre s'esbaïrent
Quant il la voiz Deu entandirent.
Fuiant s'an vont tuit esmarri,
Parmi enfer tuit escharni.
Paor orent la male gent.
Bien fu enfers en grant tormant.
Et quant Dex li peres ce voit
Que d'enfer nule genz n'itroit,
Les huis peçoie et les verreax,
Les sarraüres et les posteax.
Li poteaul ne les sarreüres
Ne pue[e]nt tenir fermeüres.
Quant Dex dedanz enfer entra,
Ses amis toz en delivra,
Eve et ses fiz et Adam,
Se vi[n]t Noé et Habraam
Et Moysem et Aaron,
David lo roi et Salemon,
Zacarias et Ysaïe
Jezechiel et Jeremie,
Sainte Isabel, sainte Sarra,
Et ses prophetes qu'il ama.
« La moie genz, » fait Jhesu Criz,
« Par vos ai esté en croiz mis,
« De mon sanc vos ai rachetez. (*b*)
« Issez çai fors; plus n'i estez.
« Issez de l'enfernal tormant;
« Je vien por vos delivremant. »
Adanz oït la voiz Jhesu,
Dex! tant fut liez quant l'ot veü!
Don li manbra de paradis.
De la joie ou il fu mis;
Don plore Adanz mout doucemant,
Merci crie humilemant.
« Sire, » dist il, « bien venez vos!
« Mout ai esté en grant dolors;
« Mout ai esté en fort tormant,
« Sire, par mon trespassemant.
« Tant ai ceanz et nuit et jor
« Dolors et criz et plain et plor,

9-10 Cf. Montpellier, v. 3333-4. — 15 et 45 Cf. Montp., v. 3347. — 20 Ms. *escharni*.

1. Ainsi dans le ms. de Grenoble, fol. 107 :

Lors enclina son chief Jhesu,
Son esperit en est issu,
En enfer en est venus droit
Pour ses amis que tant amoit.
Devant la porte en est venus;
Savoir poués ne fu pas mus,
Ains s'escria a haute vois :
« Je suis celui qui en la crois (*sic*)
« Pour oster de vostre prison
« Que vous tenez sans achaison
« Tous cex qui o vous sont venu,
« Qui longuement i ont geü.
« Ouvrés la porte, male gent,
« Hui en cest jor serez dolent.....

« Mal et mesaise, ire et duel,
« Que mors fuse jai a mon vuel,
« Sire, mais je ne puis morir,
« Ainz m'estuet la dolor soffrir.
« Jemais, se iere la fors mis,
« Et je restoie em paradis,
« Ne querroie amonestemant
« Ne passer ton conmandemant,
« Que jemais rien ne forfeïsse.
« Mout par est en cruer (*sic*) justise
« Qui ça dedanz est avalez.
« Merci! sire, se vos volez,
« De mon forfait merci te quier,
« Mais ce fit Eve ma moillier
« Que je creïs; si fis folie,
« Par li perdis ta compaignie. »
Eve s'estut .j. po arriere,
Triste et marie, ot laide chiere;
De sa grant dolor se garmante...

Depuis le v. 69, notre ms. se rapproche de plus en plus du texte de Montpellier. Il reste toutefois bien des différences et ce dernier a en plus certains épisodes.

Le poème se termine ainsi :

Nostre Sires ne demora, (*p.* 136)
De ses apostres s'an torna.
Cil se partirent, si s'an vont,
Et vont prauchier par tot lo mont.
Sainz Thomas an alai prachier
En Ynde, la loi essaucier,
Et Sainz Peres alai en Grece;
Sainz Jaques fu en Galilée,
Et sainz Andreyz fu en Escoce,
Bartholomés en Capadoce,
Sainz Phelippes en Saumarie,
Et sainz Jheans (*sic*) en Armenie.
Ainsi alarent li deciple
Par tot lo mont et li manciple;
Ainsi portarent il la loi.
Ne laissarent onques por roi,
Ne por nul conte ne por prince,
Tant lo trovasent noble ne riche;
Onques ne doutarent jor mort,
Qu'il avoient en Deu confort.
Lai anonçarent nuit et jor
La sainte loi nostre Seignor.
Adonc fut Dex premiers cognuz
Por miracles et par vertuz;
Don premier furent en luior
Cil qui erent en tenebror,
Et sainte Escripture estorarent
Li apostre Deu et fondarent;
Si abatirent les ymaiges
Des ydres et des dex salvaiges.
Si estorarent sainte Yglese (*sic*) (*b*)
De tot en tot et lo servise.
Donques furent fait mariaige,
Li un vers l'autre, par paraige.
Ainsi alarent longemant
Deci que au trespessemant
De la sainte mere Jhesu Crist.
La surreccion avons dit;
Se volez oïr de sa mere,
Conté vos ai de Deu lo pere,
Je le vos dirai sanz mentir,
Ne de mot n'i cuidois faillir,
Quant de cest mont fut trespassée,
Con ele fut ou ciel montée.

4. — L'Assomption. Ce petit poème se rencontre en de nombreux ms., mais en des conditions très différentes. Dans le ms.

---

69 Cf. Montp., vv. 3357 et suiv. — 387-8 Mieux, dans Montp. (vv. 3630-1) : ... *Grice, S. J. ala en Galice*. — 398. Mieux, dans Montp. (v. 3641) : *fier ne riche*. — 404. *Por* en toutes lettres. — 417 Suppr. *De*. — 419-20 Il faut intervertir ces vers; cf. Montp. 3664-5.

de Montpellier, il fait suite, comme ici, à l'Ascension[1]. Dans le ms. fr. 1807, il est isolé. Dans le ms. de Lyon, il fait suite au récit de la passion (ci-dessus, n° 2). Le plus souvent il est joint à la *Conception* de Wace, et il figure, à ce titre, dans les deux éditions que nous avons de ce poème[2]. Mais que ce morceau ait été réellement composé par Wace, c'est ce que j'hésite beaucoup à admettre. La question doit être réservée au futur éditeur de la *Conception*. Voici, en outre du ms. que nous étudions, la liste, certainement incomplète, des mss. où se rencontre notre poème de l'Assomption, ou, selon la rubrique du ms. 1807, du *Trespassement Nostre Dame*.

BERNE, Bibl. de l'Univ., 634[3].

CAMBRIDGE, S. John's Coll. B 9, fol. 50. (A la suite de la *Conception*.)

CARPENTRAS, Bibl. munic., 465, fol. 136. (A la suite de la *Conception*.)

GRENOBLE, Bibl. munic., 1137, fol. 120. (A la suite du poème de la Passion.)

LONDRES, Musée Brit., Add. 15606, fol. 78. (A la suite de la *Conception*.)

LYON, Biblioth. munic., 645, fol. 11. (A la suite du poème de la Passion).

MONTPELLIER, Bibl. de la Faculté de médecine, 350, fol. 56. (A la suite du poème de la Passion.)

OXFORD, Univ. Coll. 100, fol. 102. (A la suite d'un morceau sur la parenté de la Vierge Marie qui commence par *Or dirons a la Dieu aïe*, et qui est ordinairement joint à la *Conception* de Wace.)

PARIS, Arsenal 3516, fol. lviij v° *a*. (Même disposition que dans le ms. précédent.)

— Bibl. nat. fr. 1526, fol. 138.

— — 1807, fol. 174.

— — 19166, fol. 196 *c*. (A la suite de la *Conception*.)

— — 24429, fol. 80 *c*. (A la suite de la *Conception*.)

---

1. Édit. Chabaneau, vv. 3668 et suiv.

2. Édition Mancel et Trebutien (Caen, 1842), p. 60, d'après le ms. Bibl. nat. 25532. Édit. Luzarche (Tours, 1859), p. 55, d'après le ms. de Tours, n° 927.

3. Voy. le catalogue de Sinner, III, 389.

PARIS, Bibl. nat. fr. 25532, fol. 328 *b*. (A la suite de la *Conception*.)

— — Moreau 1716, ms. de la Clayette, p. 178. (A la suite de la *Conception*.)

ROME, Vatican, Reg. 1682, fol. 66. (A la suite de la *Conception*.)

TOURS, Bibl. munic., 917. (A la suite de la *Conception*.)

Ces mss. paraissent se classer en deux rédactions assez différentes. J'ai indiqué brièvement cette distinction, mettant en regard, dans le tome précédent de la *Romania* (p. 470), la rédaction du ms. de Montpellier et celle, plus longue, du ms. 1807. Je suis porté à croire que celle-ci est la plus ancienne. C'est aussi celle qu'offre le plus grand nombre des mss. Le texte de l'Arsenal est celui de la rédaction abrégée.

C'est de l'assompcion nostre Dame sainte Marie qui an fut portée em paradis. (p. 136 *b*)[1]

Après la sainte passion,
Nostre Dame [ert] en sa maison,
En Nazareth ou estoit née,
Mout corrocie et esplorée.
Por desirer du roi autisme
Se dementoit a soi meïsme :
« Formant desir que je la fusse
« Ou je mon fil veoir peüsse,
« La ou il est en paradis
« Que il promet a ses amis. »

Es vos l'ange nostre Seignor
A mervoillose resplandor;
Devant li vint; se li dona
Un rain d'olive que porta,
Qu'il aporta de paradis;
En la maison leanz s'est mis,
Ou le rain devant li s'estut;
Salue la si com il dut : (*p.* 137.)
« Dame, » fait il, « ne t'esfraer :
« Je vien a toi por conforter.
« De cest siegle trespasseras
« Dui antier jor ou ciel seras.
« Devant ta biere fai porter
« Cest rain que Dex te fait doner. »

Fin (p. 141).

Li cors qui fu la enterrez
An fu cel jor tot droit portez
Ou ciel laissus, ce fu droiture,
Qui avoit esté sanz luxure.
Illuc fu l'arme ou cors mise
Et ou ciel a grant joie assise.

Bien lo pot faire li Salverre,
Li rois du ciel et de la terre,
Et qui fit bestes et oiseaux,
Homes et fanmes et chevaux,
Et qui les nasse fit parler,
Et la mer fandre et deviser,

22 *Sic*, corr. *D'ui au tier*. — 321 Ici s'arrête le texte de Montpellier. — 327 *Sic*, corr. *l'esnasse* (l'ânesse).

1. Cf. Montp., vv. 3667 et suiv.

Les max anges dou ciel cheïr,
Et bois foilier et reverdir,
Bien puet cil qui si set ovrer
Et cors et arme ressambler.
Et tot ce davons nos bien croire.
Aions Damedex en memoire;
Se li querons trestuit pardon.
Dite ai la surrexion,
Ainsi con Dex resuccitai
Et nostre Dame trespassai.
Or prions la virge Marie
Que nos amoint a bone vie,
Et se prions nostre Seignor
Qu'a bone fin, par sa douçor,
Nos amenoit par son comant.
Or dites tuit *Ament*, *Ament!*

III.

Les neuf joies de Notre Dame.

Voir sur cette pièce, dont on connaissait déjà huit copies; voy. *Romania*, XIII, 511-2, et XV, 351 :

Ce sont li joie de Nostre Dame la bonoite Virge Marie, mere Jhesu Crist (p. 141).

Roïne de pitié Marie   en cui deïtez pure et clere
Et mortalitez se marie,   tu es et virge, fille et mere.
Virge enfantas lo fruit de vie,   fille ton fil, mere ton pere;
Mout as de nons en prophecie;   se n'i ai non qui n'aist mistere...

IV.

La prise de Jérusalem ou la vengeance de Jésus-Christ.

Cette copie, qui n'a pas encore été signalée, renferme environ 1650 vers. Neuf autres mss. en ont été indiqués dans le *Bulletin de la Société des anciens textes français*, année 1875, p. 53, note 1, auxquels il faut ajouter non seulement le ms. que nous décrivons, mais encore le ms. du Musée Britannique, Add. 10289. On trouvera sur la légende mise en œuvre dans ce poème et sur les différentes rédactions qu'on en possède, quelques renseignements dans l'article précité du *Bulletin des anciens textes*. Des extraits de deux mss. du Musée Britannique [1] ont été donnés dans l'ouvrage de M. H.-L.-D. Ward, *Catalogue of romances*, pp. 176-80.

1. Le nº 16. E. VIII, perdu depuis quelques années, et le ms. Add. 10289.

Le poème commence ainsi à la seconde tirade :

Ch'est li romanz de la vanjance (*p.* 143 *b*).
Que Vaspasiens et Tytus ses fiz
Firent de la mort Jhesu Crist[1].

Seignor, oez estoire de grant ancesserie ;
N'est pas de fauble ne de nule folie[2],
Ainz est de la vanjance a fil sainte Marie
Que Juëf travaillarent, la pute gent aïe.
En après .xl. anz, ne vos mentirai mie,
An prist Tytus vanjance o l'espée forbie,
Et Vaspassiens o la chiere hardie.....

Il se termine (p. 165) par ces vers qui appartiennent visiblement à un copiste :

Li romanz faut ici qu'est de la vangison
Que nostre Sires prist de maint Juës felon.
Vaspasiens de Rome et Tytus li baron
A Rome remestrent, en la lor region.
De Jhesu lo prophete lo romant dit avons ;
Or li deprions tuit qui nos face pardon,
Et nos mate a sa destre en l'aute region
Ou païs et gloire ai et habitacion.

V.

Suite de la Bible de Guyot de Provins.

Voici comment peut se justifier le titre que j'adopte. La *Bible* de Guyot de Provins est un poème fort connu et des plus intéressants, que Méon a publié (*Fabliaux*, II, 307), d'après un ms. de l'église Notre-Dame de Paris qui porte actuellement, à

---

1. Ici encore, comme p. 106 (ci-dessus, p. 48), le rubricateur a cru faire des vers.

2. Leçon remaniée et vers faux. Il y a dans le ms. fr. 20039 (fol. 125) :

Baron, ceste chançons n'est mie de folie,
D'Auchier ne de Martin, ne de faussenerie.

Pour le second vers, il y a diverses variantes ; voy. Ward, ouvr. cité, pp. 177 et 179.

la Bibliothèque nationale, le n° 25405 du fonds français[1]. Il en existe, à ma connaissance, trois autres mss. :

CAMBRIDGE. Pembroke Coll., n° 229 du catalogue de James. Ce ms., que je n'ai pu voir, paraît égaré.

PARIS, Bibl. nat. fr. 25437, fol. 1 (Cat. La Vallière, n° 2707).

TURIN, L. V. 32, fol. 141 v°; voy. Scheler, *Notices et extraits de deux mss. français de la Bibl. roy. de Turin* (1867), p. 85-6.

Dans le ms. B. N. 25437 (fol. 18 *b*) et dans celui de Turin (fol. 160), la *Bible* est suivie immédiatement, et sans qu'aucun titre annonce un nouvel ouvrage, du poème inédit que nous avons ici isolé dans le ms. de l'Arsenal. De la juxtaposition des deux poèmes il serait déjà permis d'induire que le second, dépourvu de titre, est simplement une suite de la *Bible* de Guyot. Mais voici, à l'appui de la même opinion, un argument plus fort. Le second poème se rencontre isolé, comme ici, dans le ms. Noblet de la Clayette, p. 115-118[2], et il y est suivi de cette note finale : *Explicit Bibliotheca Guiot de Provins*. Il est donc établi que le poème en question était ou passait pour être une partie de la *Bible* de Guyot.

Mout ai alé, mout ai venu, (*p.* 165)
Tant m'ai ma velontez batu,
Tant m'a pené et travaillié,
Mout de panser a grant merchié,
Qu'en une forest suis antrez
Ou j'ai uns forostiers trovez
Trop umbrages et trop divers,
Et si portent tuit en travers
Lors chapirons por esgaitier.
Nuns hons ne se puet d'ax gaitier;
Toz jors agaitent; il ne finent,
Et ce que ne voient devinent.
Ce sont genz noires et desfaites,
A unes robes contrefaites.
Tuit resamblent ors en estant.
Dex merci, il an i ai tant!
De drap sont vestu noir et lait,
Si valu que tot m'ont desfait.
Lo chapiron desoz la boiche
M'ont si cosu que il i toiche :
Sanz parler m'estuet ensi estre
.III. jors, ce me dient li mestre,
Et .iij. nuiz sera sanz mot dire.
Or me consat Dex nostre Sire!

4 Il faut lire, comme dans le ms. de la Clayette, *Mout ai de p. g.* — 16 La Clay. *il en i va.* — 20 La Clay. *Mout sont cosu que il n'i touche.* — 23 La Clay. *Et trois nuitz m'afiert s.*

1. On sait que l'édition de Méon a été reproduite par San Marte dans ses *Parzival Studien*, sous ce titre : *Des Guiot von Provins bis jetz bekannte Dichtungen*, hgg. von Wolfart u. San Marte (Halle, 1861, in-8°).

2. Bibl. nat., Moreau 1715.

Qu'il m'ont atorné come mort;
Ne sai s'il me font droit ou tort.
Por mon corage conforter
M'estuet en tel chose panser
Qui m'esbate ma conciance.
Une mout bele remambrance
Est antrée dedanz mon cuer...

Fin (p. 172 *b*) :

La certainne divinitez
Nos ai ceste armeüre ovrée
Que je vos ai ci devisée.
Saichiez que cil en pris sont
Qui desirier ne talant ont
De ces saintes armes avoir.
En bon desir, en bon voloir
Norrist li biens et la bone ovre
Dont Dex ses eaz et son cuer ovre.
Or ait Dex pidié de nos armes
Et si nos doingt toutes ses armes;
Dites *Amen*, que Dex lo face!
La douce Virge per sa grace
Nos doint tele armeure tenir
Que nos puissons trestuit venir
A la grant cort de paradis,
Et nos gart de nos henemis
Toutcon nos sumes en cest monde,
Et nos gart de la mort seconde;
La mort que je vos ai nonmée
Qui mort seconde est apelée [1],
Ce est d'enfer la grant dolor.
Or deprions lo Creator
Et la douce virge Marie
Que nos moint en sa compaignie.

VI.

ADAM DE SUEL, *version du Pseudo-Caton.*

Version fort répandue, dont les mss. ont été énumérés ici même, I, 209, et VI, 20. Nous en retrouvons un peu plus loin (nº XIII) une nouvelle copie.

Seignor, ainz que je vos comant (*b.* 173).
Espondre Caton en romant,
Vos vuil deviser la sentance
Don nostre maistre sont en tance.....

---

27 Il y a plutôt *par* ou *per* (*p* barré). — C'est ici que commence le poème dans le ms. de Turin, selon M. Scheler, *Notice*, etc., p. 86. — 29 Turin *Qui m'eslece;* la Clay. *Qu'il me bate ma continance.* — 539 La Clay. *en bon point sont;* Turin *chil sont en bon point.* — 544 Ici s'arrêtent les trois textes indiqués ci-dessus (fr. 25437, la Clayette et Turin).

1. Voy. APOC. XX, 6, 14; XXI, 8. C'est la *seconda morte* de Dante, *Inf.* I, 117, sur laquelle on a écrit bien des dissertations inutiles. Le sens ici indiqué est constant et pourrait être appuyé d'un nombre infini de témoignages. J'en citerai un seul : « Duplicem mortem esse novimus, corporis scilicet et gehennæ. » (J. de Varazze, CXIX, éd. Græsse, p. 515.) C'est, du reste, ce que certains commentateurs ont reconnu; voy. par ex. Ferrazzi, *Manuale Dantesco*, V, 297.

Fin (p. 183 *b*) :

ADAM DOU SUEL qui se repose,
Seignor, nos dit a la parclose,
Se il ai parlé folemant
En mainz leus et oscuremant,
....
....
S'Adans ai mespris en maint leu, (*p.* 184).
Aucun bien a il dit. por Deu,
Que velontiers davez oïr,
Et Deu vos an doint bien joïr!

VII.

Le Doctrinal Sauvage.

Vingt-deux quatrains seulement, les vingt-un premiers et le dernier de l'ouvrage complet. Pas de rubrique initiale ni d'explicit. J'ai donné l'indication des nombreux mss. de ce poème dans la *Romania*, VI, 21. Il faut ajouter à cette liste le ms. de l'Arsenal que je décris présentement, une copie incomplète que renferme le ms. 535 de Metz[1], et le ms. 6664 (ff. 28 v°-35), de la Bibliothèque Phillipps, à Cheltenham, dont je donnerai quelque jour la description. On sait que le *Doctrinal* a été publié par Jubinal, *Nouveau recueil de contes, dits, fabliaux*, II, 150-161, d'après le ms. B. N. fr. 837.

Seignor, or entandez, se Dex vos benaïe, (*p.* 184).
Si orroiz noveax moz qui sont sanz vilonie.
Ce est du doctrinal qui ensoigne et chastie
Lo siegle, qu'il se gart d'orgoil et de folie.

Certes, c'est bone chose de bon entandemant:
Bons entandemant done cortois ensoignemant;
Cortois ensoignemanz fait vivre saigemant,
Et saige vie done honor et sauvemant.....

Derniers couplets (p. 185) :

Si vos amez .j. home et vos bien i trovez,
S'on vos dit mal de lui, croire ne lo davez
Jusque tant que li tort an soit bien esprovez,
Car mainz hons est a tort enpiriez et grevez[2].

1. Voy. le *Bulletin de la Société des anciens textes*, 1886, p. 75.
2. Édit. Jubinal, p. 152.

Cest doctrinal doit l'on aprendre et retenir,
Car de ce qu'il ensoigne ne puet nul mal venir,
Ainz an puet l'on mout bien Damedeu desservir,
Et avoir la grant joie que dure sanz faillir[1].

AMEN.

VIII.

Chronique de Turpin.

C'est la version faite en 1206 pour le comte Renaut de Boulogne. Elle se rencontre en d'assez nombreux mss. qui paraissent se répartir assez bien entre deux classes, selon que le prologue contient ou ne contient pas une mention interpolée, relative à Michel de Harnes[2]. L'un des mss. porte un explicit ainsi conçu : « Cy fault et fenit l'istoire de Charlemaigne que maistre Jehan translatait. » Cette attribution ne se rencontrant que dans un seul ms. et des plus récents (il est daté de 1462), il est permis de la révoquer en doute. En 1212, la version faite pour le comte de Boulogne fut remaniée par un certain Pierre de qui on a d'autres ouvrages[3]. Notre texte offre le prologue primitif, sans mention de Michel de Harnes. Il commence ainsi, p. 189, les pages 186-8 étant laissées en blanc :

Voirs est que li plusor ont oï volentiers et oent encore perler de Charlemaigne, comant il conquist Espaigne et Galice, mès que li autre en aient osté et mis, ci poez oïr la verité d'Espaigne, selonc le latin de l'estoire que li cuens Renauz de Boloigne fist, par grant estuide, cerchier et querre es livres a mon seignor Saint Denise. Et por refreschier es cuers des genz les euvres et le non du bon roi, la fist en romanz translater dou latin as .xij. cenz ans et sis de l'incarnacion, ou tens Phelippe, le noble roi de France, et Loÿs son fil. Et por ce que rime se vuet effaitier de moz conquelliz hors d'estoire, vuet li cuens que cist livres fust faiz sanz rime.....

1. *Ibid.*, p. 161.

2. G. Paris, *De Pseudo-Turpino*, p. 55-7. Aux mss. indiqués en cet ouvrage on pourrait en ajouter plusieurs autres, par ex. le ms. Libri 125, actuellement à Florence; qui est l'original sur lequel a été copié le ms. B. N. fr. 573, et le ms. de l'Arsenal 3516 (anc. B. L. F. 283), fol. cclxxxviij r° *d*. Ces deux ms. contiennent la mention relative à Michel de Harnes.

3. G. Paris, ouvr. cité, p. 58.

Fin (p. 225) :

Issi trespassa li arcevesques Torpins après son seignor le bon roi K., la cui arne est par la merite de sa deserte jointe a la celestial compaignie, avec Deu le pere, qui vit et regne et regnera sanz fin ou siecles des siecles, *Amen.*

Explicit historia Karoli regis et Turpini. Incipit genealogia regum Francorum.

IX.

Généalogie des rois de France.

La généalogie des rois de France, annoncée dans la rubrique ci-dessus transcrite, est fort sommaire. Elle s'arrête à 1226, occupant en tout deux colonnes (p. 225 *b* et 226 *a*).

Je me borne à en citer les premiers et les derniers mots :

Li premiers rois de France qui i fu après la destrucion de Troie ot non Pharamonz. Après fu rois Clodius ses filz. Après Clodius fu Meroveüs, de cui non furent li rois (*sic*) de France apelé lors Merovinge............... ....Felippes engendra Loÿs qui fu morz a Mont pancier en son repaire d'Avignon qu'il ot pris.

Même texte, moins la mention de la mort de Louis VIII, dans les mss. Bibl. nat. fr. 1444, fol. 126 *b*; 2464, fol. 109, etc.

X.

Les cinq âges du monde, d'Adam à la naissance du Christ.

Cet opuscule se rattache à un écrit latin qui a été fort répandu et qu'on trouvera imprimé parmi les œuvres de Bède, dans la Patrologie latine de Migne,. t. XC, pp. 288-91 et 520-1. En français, le texte même qu'offre ici le ms. de l'Arsenal se rencontre en plusieurs mss., par ex. dans les mss. B. N. fr. 1444, fol. 126 *c*, et 2464, fol. 111, placé comme ici à la suite de la généalogie des rois de France[1], et, avec quelques différences, dans le ms. 405, p. 12, de Corpus Christi Coll., Cambridge.

Incipit numerus peratum[2] *ab Adam usque ad Christum* (p. 227).

Adam avoit .c. anz quant engendra Seth et trente. Seth en avoit .c., dis moins, quant il engendra Kaynam. Kaynam en avoit .lx. et dis quant il

1. La rubrique dans le ms. 1444 est ainsi conçue : *Chi commencent li nombre des eages, dès Adan dusques a Crist.*

2. *Sic*, lis. *etatum*.

engendra Malaleel. Malaleel en avoit .lxv. quant il engendra Jared. Jared en avoit .c. et .lxij. quant il engendra Enoch........................ Li .v. aaige font ensamble .iiij.M. et .DCCCC. et .lij. As. xlij. anz de cestui Octovien Auguste, que toz li mondes fu en ferme pès, consacra nostre Sires le sist aaige dou monde quant il nasqui de la Virge en l'avespremant du monde.

XI.

Combien de fois Jérusalem a été prise.

Ce morceau (p. 228) se rencontre dans le ms. de la Clayette, p. 139, sous le titre d'*Olimpiade* qui est justifié par les premières lignes du texte qu'on va lire. Dans le ms. la Clayette se trouve une phrase d'où il résulte que le compilateur de cette note historique est le Pierre mentionné ci-dessus, p. 61. Le même morceau peut encore se lire dans le ms. de la Bodleienne Hatton 77, où se trouve le poème de la première croisade composé d'après Baudri de Dol, dans B. N. fr. 2464, fol. 112 v°, et sans doute ailleurs. Le texte du ms. d'Oxford a été imprimé ici-même, V, 59-60, comme aussi le début du ms. de la Clayette.

Descriptio quotiens Jerusalem capta fuit.

Lonc tens devant l'incarnacion nostre Seignor iert une cité en Grece qui avoit non Elide, et les gens Elien, du non de la cité, estoient apelé, si con de Rome Romain. Ces genz se combattoient par nonbre de .v. anz. Il estaublirent entraux .j. estaublissemant que il apelarent Olimpyade. Oli[m]pyas, cist moz, est toz droit espace de .iiij. anz. Ces quatre anz estoient en pais. Au quint an se combatoient. As .xlvij. anz de ceste Olimpiade prist Nabugot Donosor[1]. Jherusalem, et dura cele prise .lxx. anz....... ....
.........As mil anz et cent et .lxxxvij. de l'incarnation la reprist Salehardins, et tiennent la encore li paien tant com Deu plaira.

XII.

Les vers de la mort.

49 couplets. L'ouvrage est anonyme comme dans tous les autres mss. connus du même poème[2]. La leçon du ms. de l'Arsenal m'a paru appartenir à la même famille que le texte publié

---

1. *Sic*, cf. ci-dessus, p. 16, v. 775.
2. Voy. *Romania*, I, 366; *Bulletin des anciens textes*, 1878, 50-1.

par Méon, bien que les formes dialectales soient tout autres. Je cite trois couplets (I, XV, XLIX), que j'ai déjà choisis comme terme de comparaison dans ma notice du ms. de Madrid[1].

Incipit romanum de Morte.

I. Mort qui m'as mis muer en mue (*p* 229).
En cele estuve ou li cors sue
Ce qu'il fist ou siecle d'outrage,
Tu lieves sor toz ta maçue,
Ne nuns por ce sa pel ne mue
Ne ne change son viez usaige.
Mort, toi suelent criembre li sage.
Or cort chacuns a son domaige :
Qui n'i puet avenir s'i rue
Por ce ai ge changié mon coraige
Et ai laissié et jeu et raige :
Mal se moille qui ne s'essue.
. . . .
. . . .
XV. Mort, crie a Rome, crie a Roins : (*p*. 231).
Segnor, tuit estes en mes mains
Ausi li haut come li bas.
Ovrez vos eulz, ceigniez voz reins,
Aincès que je vos proigne as froins,
Et vos face crier es las !
Certes, je cor plus que lo pas,
Et si port dez de dous et d'as
Por vos faire giter le moins.
Laissiez vos chifles et voz gaz :
Tex me couve desoz ses dras
Que toz cuide estre forz et sains.
. . . .
. . . .
XLIX. Hé Dex ! por qu'est tant desirrée (*p*. 236 *b*).
Joie charnex envenimée
Qui si corront nostre nature,
Qui ci a si corte durée,
Emprès iert si chier comparée ?
Mout est male ceste pointure
Qui fait l'arme acroire a luxure
Amertume qui toz jorz dure

1. *Bulletin*, 1878, p. 51-2.

Por douçor qui tost est alée.
Fui, lecherie; fui, luxure!
Je n'ai de si chiers morsiax cure,
J'aim muez mes pois et ma porée.

Explicit li romanz de la mort.

XIII.

ADAM DE SUEL, *version du Pseudo-Caton.*

Nous rencontrons ici une seconde copie du *Caton* d'Adam de Suel. Comparée à la précédente (n° VI), elle offre d'assez nombreuses variantes. Ici le texte latin est transcrit, en regard des passages correspondants de la version, le long des marges.

Seignor, ainz que je vos conmant (*p.* 237).
Espondre Caton en romant,
Vos vuil deviser les sentences
Dont nostre maistre sont en tances...

Voici un curieux passage qui devrait prendre place, dans le texte mentionné ci-dessus, à la page 181, et qui ne s'y trouve pas[1].

La parole qui n'est joïe (*p.* 245)
N'est mie volentiers oïe,
Ne ja tant corte ne sera
A celi cui ele ne plaira
Qu'ale ne soit trop longue assez,
Et de l'oïr est tost lassez.
Mais cele qui est desirrée
Et volentiers est escoutée,
Avis li est qu'ale s'enfuie.
Seignor, espoir il vos ennuie,
Que trop ont duré, ce vos semble
Tant de comandemant ensamble
Que maistre Chatons vos aconte,
Mais ja orriez vos .j. conte
Ou de Rollant ou d'Olyvier,
D'Apoloine ou d'un chevalier,
Ou de Forcon ou d'Alixandre[2].
Mout poez plus ici aprandre.
Se cist romanz ne vos delite,
Si saichiez bien qu'il vos profite
A celi qui entendre i vuet.
Cil est molt fox qui la flor cuet
Et met le fruit en nonchaloir.....

---

1. Il se trouve en plusieurs copies, par ex. dans le ms. fr. 25462, fol. 191, et dans fr. 1555, fol. 72.

2. *Mais ja n'i orrés vous nul c.* | *Ne d'O. ne de R.*, | *D'A. ne de Tristant*, | *Ne de F. ne d'A.* 25462. La leçon de 1555 est abrégée.

Ces plaintes ne sont pas nouvelles : les auteurs de poèmes religieux ou moraux ont plus d'une fois regretté la préférence que leurs contemporains accordaient aux œuvres mondaines. Robert de Gretham, en son *Miroir*, détournait dame Aline, en lui offrant son poème, de cette dangereuse tendance [1], et l'auteur des *Quinze signes* s'irritait de ce que l'homme oubliait Dieu pour de vains amusements :

Plus volontiers orroit conter
Comment Rolans ala joster
A Olivier son compagnon
Qu'il ne feroit la passion
Que Dieus soffrit a grant ahan
Por le peché d'Eve et d'Adan [2].

Mais il faut surtout rapprocher des vers d'Adam de Suel le passage du beau poème moral que nous a conservé un ms. d'Oxford :

Mais miex vos vient oïr nostre petit sermon
Ke les vers Apoloine u d'Aien d'Avignon.
Laissiez altrui oïr les beax vers de Fulcon
Et ceax qui ne sont fait se de vanité non [3].

Apollonius de Tyr et *Fouque de Candie* sont aussi les romans que cite Adam de Suel, dans le passage rapporté ci-dessus [4].

Fin (p. 248) :

ADAM DE SEY (*sic*) se repose,
Seignor, si dit a la parclose
Se il a parlé foiblemant
Em plusors leus oscuremant
....

1. Voyez *Romania*, XV, 299.
2. Voy. *Romania*, VI, 24, ou XV, 290.
3. Dans mes *Rapports*, p. 199; *Poème moral*, éd. Cloetta, p. 239.
4. Notons ici quelques témoignages sur Fouque de Candie : *Aymeri de Narbonne*, éd. Demaison, p. 196; La duchesse de Lorraine, chanson *Par maintes fois avrai esté requise*, dans le chansonnier de Berne, nº 389; J. de Venelaiz, *Veng. d'Alexandre*, première tirade (*Signour bon conteour qui de Fromont savez*, | *De Fouque de Candie et de Thiebaut contez*...); Peire Willem, nouvelle allégorique (*Parlan d'en Folcuens e d'en Gui*); Raynouard, *Lex. rom.*, I, 405; voir aussi *Romania*, VII, 457, 459.

S'Adam a mespris en maint leu (*p.* 248 *b*).
Aucun bien ai il dit de Deu
Que volentiers davez oïr.
Dex vos en laist a toz joïr !
Ci faillent li comandemanz
Que danz Catons fist briemant.

XIV.

FRÈRE SIMON.

Le roman des trois ennemis.

Voy. ci-dessus, pp. 1 et suiv.

XV.

Sermons.

Les pages 294 à 296 sont restées blanches. Le premier de ces deux sermons, qui sont traduits du latin, commence ainsi (p. 297) :

Qui est de Deu si ot volontiers la parole de Deu[1], et qui n'est de Deu se ne les puet oïr, car il ai lo deauble o soi qui ne li lait oïr. Bieneüré sont cil qui l'oent et qui la retienent et matent a euvre, car por l'oïr soulemant n'est on mie bieneürez, mais por le matre a euvre. De ce dist sainz Augustins que trois maleüré sont : Maleürez est cil qui ne set les comandemanz de Deu quant il ne les demande, et maleürez est cil qui les set se il ne les ansoigne, et cil est maleürez qui les ansoigne se il ne les fait...

Voici le début du second sermon (p. 310 *b*) :

Ce dist nostre Sires : « Je descendi en mon jardin veoir les pomes des valées[2]. » La valée senefie humilitez et les pomes les euvres. Don poez vos bien veoir qu'il apele les pomes des vallées les fruiz d'umilité vers lesquex il regarde mout pasiblemant.....

A la fin de ce morceau, le traducteur a mis le *post-scriptum* qui suit (p. 324) :

Qui c'unques lira cest livre bien et puremant, il i trovera droite regle de vivre, se il vuet sivre[3] les ensoignemanz qu'il i trovera escriz. Saichiez

---

1. Jo. VIII, 47.
2. CANT. VI, 10.
3. Il y a plutôt *suire*.

qu'il am porra venir an gloire permeignauble. Si prions por toz ces qui le liront et orront, qu'il prioient[1] a Deu doucemant qu'il ait merci de l'arme de celui qui lo traist de latin en romant, et li[2] prions a nostre Seignor Jhesu Crist qu'il ait merci de l'arme et du cors de celui qui l'escrist et de toz ses amis et de tot pupie crestien, que Dex, par sa grant misericorde, lor dont faire tés euvres que li cors soient sostenu an terre par honour, et les armes mises an la joie de paradis, *quod nobis prestare dignetur qui vivit et regnat Deus per omnia secula seculorum. Amen.*

XVI.

Le livre de la misère de l'homme, par le diacre LOTHIER (*plus tard Innocent III*).

Même traduction dans les mss. Bibl. nat. fr. 916, fol. 74; 918, fol. 80; 19371, fol. 136; 22921, fol. cxix.

Le texte latin a été imprimé mainte fois, par ex. dans la Patrologie latine de Migne, tome CCXVII, col. 701-746.

Voici le début (p. 325) :

A son trés chier pere an Damedeu l'avesque de Porz, Lothiers indignes dyacres saluz an celui qui est veraie saluz et sa grace en presant et sa gloire an presant amprès le trespas de ceste mortel vie. Le petit de repos et de sejor que je ai pris et eü amprès mes granz angoisses, que vos bien avez seü, n'ai pas de tot ensi en oisouse trespassé, ainz j'ai d'escripture[3] la vilté de l'umainne condicion, por defouler et reprisier orguil qui est comancemanz de toz les vices. Le non et le titre de cest oeuvre é dedié a vostre non, prianz et requeranz que se vos i trovez chose que soit digne d'estre loée, que vos la tornez tote a la divine grace. Et se vostre comandemanz i est, je descrivrai l'indignité de l'umainne nature par la Deu aide, por ce que par ce soit humiliez cil qui en orgoil est eslevez et humbles essauciez....

Fin (p. 370 *b*) :

Li filz Deu envoierai ses anges, et ostera[4] toz les escandres de son reigne et toz ces qui font felonie, et les lieront, si com dist l'Escripture, an fesseax a ardoir, et les metront en la cheminée du feu ardant. Illuc avra plour et gemissemant et uillemanz, tormant et estroingnemant, clamour, tramblour, labour

---

1. Encore un subjonctif à forme extensive.

2. Corr. *si*.

3. Corr. *desorite*; dans le latin : « Vilitatem humanæ conditionis utcumque descripsi ».

4. Il faudrait *osteront* : « Et colligent de regno ejus omnia scandala ».

et dolour, ardour, obscruté, angoisse, aigrace[1], aspreté, chetiveté, sosfraite, destrace, tristace, obliance, confusions, torcions, poncions, amertumes, peors, fains et sois, chauz et froidures, soffres et feus qui toz tens ardra les dolanz pecheours qui en cest siegle enz[2] la mort ne seront confés de lour pechiez et repentant.

XVII.

Moralités des philosophes.

Les dernières pages (370-398) de notre ms. sont occupées par l'ouvrage connu sous le titre de « Moralités » ou de « Moralités des philosophes », dont on a tant de copies et qui est la traduction du *Moralium dogma*, attribué souvent, mais sans preuve, à Gautier de Lille[3]. Voici les premières et les dernières lignes de ce traité, qui n'a, dans le ms. de l'Arsenal, ni rubrique initiale, ni explicit final :

Talanz m'estoit pris que je recontasse l'ensoignemant des philosophes de cele clergie qui est apelée moralitez, laquele est espandue par plusors volumes, (*p.* 371) si que je peüsse une partie de lor bons diz matre en .j. livret briemant...

(*p.* 398) Autresi sont doné li comandemant, car l'on ne les doit pas avoir por oïr soulemant, ne por escouter, ainces doit l'on matre usaige et poinne a faire ce que il comandent.

---

1. Pour *aigrece ;* dans le latin : « acerbitas ».
2. Il faut *ainz*.
3. Voir sur cette question, Hauréau, *Journ. des Savants*, 1887, p. 114. — Pour la version française, voy. *Bulletin de la Soc. des anciens textes français*, 1879, p. 73.

Je fais remarquer en passant que le ms. du Musée Britannique 19 .C. XI attribue la version française à Jean de Meung. Ce témoignage isolé a peu de valeur.

TABLE DES ARTICLES DU MS. 5201 DE L'ARSENAL.

Paul MEYER.

Note supplémentaire sur l'Histoire de Jésus-Christ jusqu'à la résurrection de Lazare (II, 1, p. 44).

Je me suis aperçu, en corrigeant l'épreuve des pages 44 à 46 de ce mémoire, qu'il y avait un rapport certain entre le poème intitulé dans le ms. de l'Arsenal « Roman de l'annonciation Notre-Dame et de la naissance N. S. Jésus-Christ » et le mystère provençal du mariage de la Vierge et de la naissance de Jésus-Christ que j'ai publié dans le tome précédent de la *Romania*, pp. 498 et suiv. J'ai confronté attentivement les deux textes, et il m'a paru que les emprunts de l'auteur méridional étaient surtout manifestes dans les passages suivants[1] :

Une pucele l'apela, (*p.* 89 *b*)	*Un envejos dis a Jozep.*
Mout balemant li demanda :	Amic, digas, fe quem deves
« Don estes vos et de quel terre	Con aves nom ne da hon es,
Et que venites vos ça querre? » [1068]	Ni que say es vengut querer?
Ce dit Joseph : « Ju vos dirai,	Fe quem deves, digas m'en ver. 132
. .	*Respos Jozep a l'envejos.*
De riens ne vos en mentirai.	Ja de mot non vos mentiray;
Li avesques ai toz mandez	Voluntiers, senher, o diray. 134
Les bachilers et essamblez; [1072]	....
Venuz i suis je voiremant	E soy say vengut veramen
Por veoir le mariemant	Per vezer lo maridamen 140
De la plus bele creature	De la plus bella creatura
C'unques poïst faire nature. [1076]	Que anc fezes ne formes natura.
....	....
(*L'évêque s'adressant au peuple.*)	*L'avesque dis al pobol.*
Or si vos proi toz et requier (*p.* 90)	....
Que m'aïdiez a Deu prier [1120]	Ajudas mi Dieu a preguar, 189
[Que Damedex par sa doucor	Sil plas, que deja demostrar
Nous donst veïr hui en cest jor[2]]	En aquest jorn et avezer
Qui dignes soit de l'espouser	De que[3] puscam far son plazer 192
La virge que ci voi ester; [1128]	E que sie son espos leal
	E bon marit e natural.
Puis prenez chascuns une verge,	Una vergua sequa prenes
Tel con lui plait, ou vert ou seche :	Cascun de vos que aysi es; 196
Cil qui la verge porterai,	E qui la vergua portara
En cui main ele florirai, [1132]	E en son ponh lhi florira,

1. Le texte français est cité d'après le ms. de l'Arsenal; les chiffres placés entre [] correspondent à l'édition du ms. de Montpellier.

2. J'emprunte au ms. de Montpellier deux vers qui manquent dans le ms. de l'Arsenal.

3. Mieux *cui* dans le ms. de la Colombine.

Icil avrai sanz contredit	Aquel aura, ben o afi,
La pucele, ju vos afi.	La verges que vezes aysi.

Le récit de la naissance de Jésus diffère beaucoup dans les textes français. La leçon du ms. de Montpellier est, entre celles que j'ai sous la main, celle qui se rapproche le plus du mystère provençal. Le père d'Anestaise (la fille sans mains) vient de dire à sa fille qu'il n'a plus de place en sa maison pour y loger Joseph et Marie. Anestaise lui répond :

« Sire », dist ele, « si avez :	Senher payre, a gran lezer
« En cele estable les metez. [1476]	Pogron[1] en l'estable jazer. [472]
— Fille, » fet il, « et je l'otroi	— Filha et yeu vos o autrey
« Por ce que beles gens les voi.	Per so car bellas gens los vey.
« Menés les i, ses i couchiés,	Menas lay los e los colcas,
« A vo pooir les aaisiés. » [1480]	On mielhs poyres los arrezas. [476]

P. S. Lorsque j'ai réuni, ci-dessus p. 3, quelques témoignages empruntés à des œuvres littéraires sur la conception selon laquelle l'homme a trois tentateurs, le diable, le monde et la chair, j'ai oublié de mentionner un poème anglo-normand, que j'ai signalé jadis, dans lequel la même idée est développée. C'est le traité du chevalier de Dieu, sur lequel voy. le *Bulletin de la Société des anciens textes français*, 1880, p. 57-8.

J'ai dit, p. 24, que le ms. de l'Arsenal, à en juger par les caractères de la langue, avait dû être exécuté pour quelque seigneur lorrain. Un examen plus attentif de ces caractères me porte à croire qu'il a été fait en Bourgogne.

1. *Degron* dans le ms. Ashburnham; je corrige d'après le texte de la Colombine.

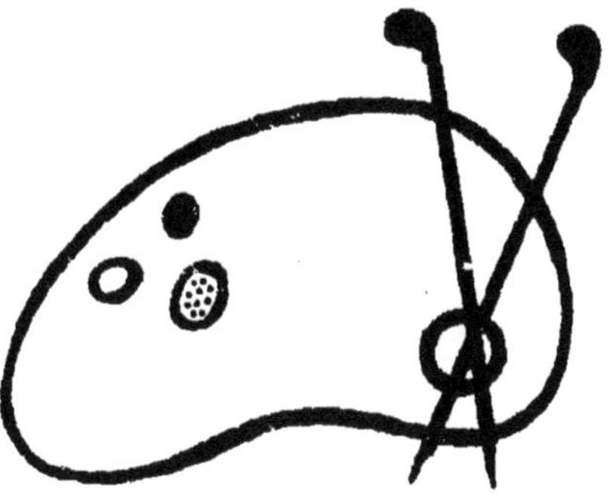

www.ingramcontent.com/pod-product-compliance
Ingram Content Group UK Ltd.
Pitfield, Milton Keynes, MK11 3LW, UK
UKHW021620260726
13965UKWH00007B/1390